Manfred Maurer

FUROR

Manfred Maurer

FUROR

Roman

List
München · Leipzig

ISBN 3-471-78189-7

Satz: Compusatz GmbH, München
Druck und Bindung: Offizin Andersen Nexö, Leipzig

Für Günther Kaip

INHALT

HALLSTATT 9
VIVIANE 45
GAULOISES 131
ALESIA 177
STONEHENGE 211
KARTEN 233

I
HALLSTATT

Als der Zug an der einsamen Bahnstation mitten in den grünen Wäldern des Salzkammerguts hielt, stand die Sonne senkrecht über den Baumwipfeln. Zwölf Uhr mittags. Ich erinnerte mich augenblicklich an die Wildwestfilme meiner Jugendzeit. Mit ein paar anderen Reisenden ging ich, eine knallgelbe Sporttasche in der Hand, den zementierten Fußweg zur Bootsanlegestelle hinunter. Über meinen Rükken lief der Schweiß.

Am anderen Ufer des blauen Sees war zwischen dem Wasser und dem Steilhang des Hausbergs die kleine Ortschaft Hallstatt eingeklemmt, die einer ganzen Epoche den Namen verliehen hatte: der Hallstattzeit, 700 bis 450 BC. Über den verschachtelten Häusern, aus denen zwei spitze Kirchtürme herausragten, hing der sprühende Strahl eines Wasserfalls. Ein sehr schönes Bild, wie gemalt. Am Himmel segelten zwei Kormorane.

Wir setzten mit einem kleinen Motorboot über, auf dem eine rotweißrote Flagge knatterte. Den Fahrtwind in den naßgeschwitzten Haaren, versuchte ich vergebens, mir eine Falstaff-Zigarre anzuzünden, also schob ich einen Diätkaugummi in den Mund. Je näher wir dem Ziel rückten, desto nervöser wurde ich. Hatte ich mit Hallstatt richtig getippt oder eine Niete gezogen? Ich war auf der Suche nach meinem Freund Claus Ostwald, den ich aus einem Wiener Keltenzirkel kannte. Er war vor kurzem spurlos verschwunden, und ich hatte Angst, er könnte in ernsthafte Schwierigkeiten geraten, wenn ich ihn nicht rechtzeitig aufstöberte. So konnte ich nur die Götter um ihren Beistand bitten.

Ostwald und ich gehörten nicht zu den Snobs, die sich einen Menhir aus Kunststoff in den Garten stellen und bei Partys als Druiden verkleidete Komparsen geheimnisvoll in Erscheinung treten lassen, aber wir interessierten uns sehr für das wüste keltische Volk, das plötzlich, das Ungestüm asiatischer Steppenvölker im Blut, aus dem Dunkel der europäischen Frühgeschichte aufgetaucht war, angeführt von einem starken Kriegeradel, seine Sitze an der Donau und in den Alpen verließ, mit roher Gewalt in die mediterrane Welt einbrach, weite Teile Europas von Kleinasien bis zu den Britischen Inseln eroberte, sich unter der Devise: Den tapferen Männern gehört alles! nahm, was es wollte, und nach einer Blütezeit von fünfhundert Jahren ebenso rasch, wie es eingestiegen war, wieder aus der Geschichte verschwand.

Mit diesen tapferen Kriegern, die absolut arrogant im Sieg und zutiefst verzweifelt und demoralisiert in der Niederlage waren, konnten wir uns restlos identifizieren. Wir amüsierten uns über ihre große Eitelkeit in Kleidung und Aussehen, ihr heiteres, schlitzohriges Barbarenwesen und ihre sprichwörtliche Trunk- und Prahlsucht. Wir bewunderten ihre vielschichtige Naturreligion und die reichhaltige Mythologie, die nicht weniger als 374 Götter und Göttinnen beschäftigten. Besonders angetan hatte es uns ihre gänzlich unbekümmerte Haltung dem Tod gegenüber, der für sie die alltäglichste Sache von der Welt war, bedeutete er doch keineswegs das

Ende. Die Welt der Toten lag gleich neben der der Lebenden, oft nur durch einen Fluß getrennt, und konnte von den Eingeweihten, sobald sie alle Prüfungen bestanden hatten, jederzeit problemlos betreten und wieder verlassen werden. Immer auf der Suche nach der Welt hinter der Welt, war ihr oberstes Ziel die Aufhebung der Zeitdimension, so daß Sein und Nichtsein, Vergangenheit und Zukunft eins waren. Dieser alte Menschheitstraum, den niemand so radikal wie die Kelten geträumt hatte, begeisterte auch uns. Oft konnten wir es gar nicht erwarten, selbst in die Andere Welt einzugehen, in diesen zeit- und raumlosen Ort, an dem die göttlichen Prinzipien verwirklicht sind. Bei der Lektüre der alten Texte und wissenschaftlichen Forschungsberichte erreichten wir oft Momente höchster Glückseligkeit, verwandelten wir uns in kraftstrotzende Krieger oder weise Druiden, je nachdem. Obwohl Sumpfblüten des zwanzigsten Jahrhunderts, vermeinten wir den alten europäischen Geist zu atmen und erschauderten auf unseren Exkursionen zu den einschlägigen Kultplätzen. Und dann rückte Ostwald durch eine Reihe widriger Umstände plötzlich tatsächlich so nahe an die Andere Welt heran, daß es nicht mehr gesund sein konnte. Trotz des Interesses an der Welt hinter der Welt mußte nun verhindert werden, daß der Freund sich womöglich umbrachte. Da wir vor seiner überstürzten Flucht wiederholte Male davon gesprochen hatten, einige Zeit in Hallstatt, das ja ein Siedlungsgebiet der Kelten gewesen war, zu verbringen, vermutete ich ihn hier. Ich hoffte stark, mich da nicht zu täuschen.

Inzwischen hatte das Boot an dem mit alten Autoreifen verkleideten Landungsplatz angelegt. Ich ging etwas schwankend von Bord und lief dann durch das mit jahrtausendealter Geschichte vollgesogene Fremdenverkehrsnest, um mir erst mal einen Überblick zu verschaffen. Obwohl ich wußte, daß ein Schatten auf meinem Aufenthalt lastete, fühlte ich mich wie ein Sommerfrischler.

Der blumenübersäte Hauptplatz sah aus wie ein Bühnenbild zu einem Stück von Ödön von Horváth. Ich registrierte: Sparkasse. Dirndlstube. Gendarmerieposten. Confiserie. Kultur- und Kongreßhaus. Gemeindeamt. Boutique. Postamt. Sportgeschäft. Pizzeria. Die übereinandergestapelten Häuser entlang des Sees, in dem Plastikkanister und eine Handvoll Fischerboote trieben, wirkten wie ein Miniatur-Manhattan aus Holz. Geschnitzte Giebel, Marillenbäume an den Mauern, schmale, steile Holzstiegen, Blumenkästen, Hirschgeweihe, winzige Vorgärten mit Zäunen in Bleistifthöhe, zum Trocknen aufgehängte Wäsche. Die zahlreichen Touristen zog es vor allem zum berühmten Gebeinhaus neben der katholischen Kirche hin, in dem zwölfhundert mit Namen, Daten und gemalten Blumenblättern versehene Totenköpfe mit den dazugehörigen Gebeinen gestapelt waren. Mit der Zahnradbahn ging es zur Hochebene des Salzbergtals hinauf, wo im Bergwerk seit viertausend Jahren das weiße Gold abgebaut wurde. Wer wollte, konnte auch im eisigen Gletscherwasser des Hallstätter Sees schwimmen oder doch lieber ein Boot mieten.

Ich hatte andere Sorgen. Bei einem Bier im Gastgarten des Bräuhauses überlegte ich, wie ich Ostwald wohl am besten finden könnte. Nach dem zweiten Bier war mir klar, wo ich auf jeden Fall eine

Auskunft über ihn bekommen würde. Dort ging ich unverzüglich hin.

Das Prähistorische Museum von Hallstatt hatte die Größe einer durchschnittlichen Wohnung und nur wenige Exponate aus der Ur- und Frühgeschichte. Der Großteil der Funde des riesigen urzeitlichen Gräberfeldes, das der Bergwerksinspektor Johann Georg Ramsauer im Salzbergtal entdeckt hatte, war bereits im letzten Jahrhundert in das Naturhistorische Museum in Wien gebracht oder von der Großherzogin Maria von Mecklenburg nach New York verschoben und dort versteigert worden.

Ich drehte eine Runde, blickte nachlässig in die beleuchteten Vitrinen und sah darin das Übliche: Scherben, Bärenschädel und Bärenzähne, Loch- und Flachbeile, Bronzemeißel, Brillenfibeln, Gewebereste, abgebrannte Leuchtspäne, Kammstrichkeramiken, Glasperlen, Münzen, hölzerne Spateln, Blechgürtel und Armreifen aus Bronze, Vollgriffschwerter und Antennendolche, Speerspitzen und Lederhelme, Grabungsskizzen, die Ecke eines Blockhauses der älteren Eisenzeit. Von diesem Zeug, das ja doch überall gleich ist, hatte ich in den letzten Jahren genug gesehen, und so kehrte ich bald zur Kasse beim Eingang zurück, um mich nach meinem Freund zu erkundigen, der von diesen Überresten versunkener Epochen nicht genug kriegen konnte.

Die Frau, die die Eintrittskarten und Kataloge verkaufte und auch sonst die Oberaufsicht zu haben schien, machte einen sehr starken und abenteuerlichen Eindruck auf mich. Irgendwas war da in diesem von spröder Schönheit überstrahlten Gesicht, das einen einlud, sie sich an orientalischen Ausgrabungsstätten oder im Khakizeug im Dschungel am Amazonas vorzustellen. Kurz: Die Angestellte des Prähistorischen Museums von Hallstatt gefiel mir außerordentlich gut.

Um auch bei ihr einen entsprechenden Eindruck zu hinterlassen, gab ich mich rauh, aber herzlich. Wenn es ihr nichts ausmache, sagte ich, würde ich ihr gerne ein paar Fragen stellen. Ich sei auf der Suche nach einem Mann, der sich hier in der Gegend versteckt halten könnte und sich mit Vorliebe in Museen herumtreibe. Ob ihr in der letzten Zeit ein Verdächtiger aufgefallen sei. Ob sie etwas Außergewöhnliches beobachtet habe. Ob sie mir mit zweckdienlichen Hinweisen weiterhelfen könne.

Sie dürfte mein kleines Detektivspiel auf Anhieb durchschaut haben, denn sie lächelte, bevor sie mit tiefer Stimme und festem Blick erwiderte: Ist Ihr Verdächtiger groß, blond und blauäugig, Officer? Ist er sehr beeindruckend? Ganz außergewöhnlich?

Da hatten wir es: Claus Ostwald hatte hier bereits Frauenherzen erobert! Da war ich wirklich froh. Ich selbst bin ja mehr der Typ, der etwas zu klein und rund geraten ist, einen Watschelgang und eine dicke Krankenkassenbrille im glattrasierten Mondgesicht hat, der Typ also, der immer Hosenträger, Ärmelschoner und manchmal sogar Sonnenblenden trägt. Nein, ich habe übertrieben: Ich trage keine Brille, aber sonst kommt es im großen und ganzen hin. Und als Kontrast dazu Ostwald: groß, blond und blauäugig. Sehr beeindruckend und ganz außergewöhnlich. Das hatte die schöne Frau vollkommen klar erkannt, und ich war mir nun ziemlich sicher, daß ich richtiglag.

Ich sehe schon, sagte ich erfreut, wir reden von demselben Mann.

Was ist mit ihm?

Nun konnte ich mir einen Scherz nicht verkneifen, und so sagte ich: Wir bereiten gerade eine Ausgrabungskampagne im Orient und eine Expedition in den Dschungel am Amazonas vor. Er ist mein bester Freund.

Sie lächelte jedoch nicht mehr, wurde jetzt sogar traurig. Ich glaube nicht, sagte sie leise, daß er dazu im Moment in der Lage sein wird. Ich habe eher den Eindruck, daß er mit einem ernsten Problem zu kämpfen hat. Ich weiß ja nicht, was ihm fehlt, aber es scheint rasant mit ihm bergab zu gehen.

Diese Rede alarmierte mich. Haben Sie mit ihm gesprochen? fragte ich aufgeregt. Was hat er Ihnen erzählt? Wissen Sie, wo er wohnt?

Sie gruppierte gedankenverloren ein paar Ausstellungskataloge und Bildbände um und sagte: Nein. Ich wäre gerne mit ihm ins Gespräch gekommen, aber da war nichts zu machen, obwohl er fast jeden Tag da war und stundenlang in die Vitrinen gestarrt hat. Habe ich ihn angesprochen, hat er nur spöttisch gegrinst und ist weggegangen. Irgendwann habe ich es dann aufgegeben. Was ist los mit ihm? Was fehlt ihm? Das beschäftigt mich schon die ganze Zeit.

Das zu erklären würde jetzt zu lange dauern. Was meinen Sie damit, wenn Sie sagen, daß es rasant mit ihm bergab geht?

Na ja, sagte sie, auch körperlich und äußerlich. Als er das erste Mal da war, war er ein eleganter Mann, tipptopp gekleidet und so. Ich habe gedacht, er ist ein Geschichtsstudent oder ein junger Wissenschaftler, weil er immer einen Stapel einschlägiger Bücher mit sich herumgeschleppt hat. Und dann ist er immer mehr verkommen: unrasiert, fette Haare, schmutzig…

Das klang nun aber überhaupt nicht mehr gut. Meine schlimmsten Befürchtungen wurden bestätigt. Hören Sie, sagte ich, ich muß ihn so rasch wie möglich finden. Wo könnte er stecken? Es ist sehr wichtig.

Keine Ahnung. Vielleicht ist er im »Goldenen Hirsch« abgestiegen, vielleicht hat er auch ein Zimmer in Lahn. Sie könnten es ja mal bei der Familie Gamsjäger versuchen. Die vermietet immer Fremdenzimmer.

Wie weit ist das von hier?

Zehn Minuten. Auf Wiedersehen.

Im »Gasthof zum Goldenen Hirsch« war kein Claus Ostwald abgestiegen. In den Ortsteil Lahn, der auf einer alten Römersiedlung errichtet worden war, brauchte ich genau sechs Minuten. Nach einigen Fehlschlägen stand ich schließlich schweißüberströmt und außer Atem vor dem schmucken Zweifamilienhaus der Familie Gamsjäger. Gleich neben dem lebenden Gartenzaun rauschte der Waldbach, als sei er eine Turbine, die die Sintflut betreibt. Ich klingelte.

Nach den soeben gehörten Horrormeldungen war ich nun in allergrößter Sorge. Ich war wirklich froh, daß ich mich zwei Monate vor den Sommerferien von der Schule beurlauben hatte lassen, um Ostwald zu finden und ihn zurückzuholen. Wie es aussah, kam ich keine Sekunde zu früh. Ach, Ostwald, was machst du für Geschichten?

Ja, bitte? Sie wünschen?

Von einem mit Geranien überladenen Balkon blickte eine etwa vierzigjährige Frau auf mich herab. Ich verzichtete jetzt auf irgendwelche Mätzchen und fragte sie geradeheraus, ob ein gewisser Herr Ostwald bei ihr ein Zimmer habe. Sie schien einen Augenblick zu überlegen, sagte dann ja und gleich darauf nein.

Na, was nun? Ich spürte, wie Unmut in mir hochschoß. Gnädige Frau, sagte ich ruhig, es ist sehr wichtig. Wohnt hier ein Claus Ostwald?

Sie sagte: Moment bitte, ich komme gleich runter.

Nachdem sie mich ins Haus gelassen hatte, erzählte sie mir, Ostwald habe zwei Wochen lang bei ihr gewohnt, ein sehr stiller und angenehmer Feriengast, sei aber vor ein paar Stunden überraschend abgereist, weil er anderswo geschäftlich zu tun habe. Er habe aber nur das Notwendigste mitgenommen und das Zimmer bereits für die nächste Woche im voraus bezahlt, weil er bald zurückkehren wollte. Was ich denn von ihm wolle?

Ich schlug mir mit der flachen Hand auf die Stirn und rief überrascht: Wirklich zu blöd! Ich bin sein bester Freund. Wir wollten uns hier treffen, und jetzt bin ich anscheinend zu spät gekommen.

Tja, sagte sie, dann haben Sie sich gerade um ein paar Stunden verpaßt. Er hat aber auch nichts gesagt, daß er einen Freund erwartet.

Nun wußte ich überhaupt nicht mehr, was ich denken sollte. Würde ein potentieller Selbstmörder mit vollem Gepäck zum Tatort gehen? Waren meine Anstrengungen an ein paar läppischen Stunden gescheitert? Andererseits: Wer sagte mir, daß es wirklich so schlecht um ihn stand, wie ich mir das immer einbildete? Vielleicht wollte er in dieser schönen Gegend nur ein wenig ausspannen und hatte einfach keine Lust, sich zu waschen. Wer sollte ihm das verübeln? Jedenfalls wußte ich jetzt, wo er bis vor kurzem gewesen war. Und was sollte ich mit diesem Wissen? Am besten würde sein, ich blieb erst mal hier und wartete ab. Möglicherweise kam er ja tatsächlich bald zurück.

Nach einigem Zieren erklärte sich Frau Gamsjäger damit einverstanden, daß ich bis zu seiner Rückkehr sein Zimmer benutzte. Sie habe aber noch nicht mal aufgeräumt und das Bett frisch überzogen.

Das macht nichts, sagte ich leichthin, Herr Ostwald und ich kennen uns seit dem Kindergarten. Er hat sicher nichts dagegen, daß ich seinen Saustall sehe. Machen Sie sich deswegen keine Sorgen.

Das kleine Fremdenzimmer, in dem wegen der heruntergelassenen Jalousien ein diffuses Zwielicht herrschte, war tatsächlich in einem ziemlich unordentlichen Zustand. Überall lagen leere Flaschen und Bücher herum: auf den beiden Nachttischen, dem Bett, den Fensterbrettern, dem Resopaltisch, dem Boden... Mein schweifender Blick fiel auf eine halbgeöffnete Dose Ölsardinen. Auf den silbrig schimmernden, kopflosen Fischleibern klebte geronnenes Blut – dunkelrote, fast schwarze Flecken. Ich stellte meine Tasche ab und verbannte den schaurige Assoziationen weckenden Anblick in den Mülleimer unter dem Waschbecken. Im Kühlschrank fand ich nichts außer zwei gefrorenen Fliegen. Ich fragte mich, was Ostwald wohl in den letzten beiden Wochen hier getrieben hatte und wo er jetzt steckte. Was sollten das für Geschäfte sein, deretwegen er unterwegs war? Hatte er in seinem Zustand einen neuen Job an Land gezogen? Schwer zu glauben. Unwahrscheinlich.

Ich wollte gerade ein Fenster öffnen, um den muffigen Geruch hinauszulassen, als ich zwischen einem Bücherstapel ein blaues Quartheft entdeckte, auf dem HALLSTATT stand. Das nahm ich gleich zur Hand und begann ohne Skrupel darin zu lesen.

»Die euphorische Stimmung, die mich bei meiner Ankunft in der geschichtsträchtigen Gegend von Hallstatt erfüllt hatte, war bald wieder verflogen. Am schlimmsten ist es immer am Abend. Da kriechen die Dämonen aus allen Ritzen, fahren in mich hinein und fressen mich von innen her auf. Da erstarrt die Zeit zu einem eisigen, unspaltbaren Block, da schnürt mich die Angst ein wie ein Korsett aus funkelndem Titanstahl. Ich leide dann unter Atemnot und Schweißausbrüchen, verliere die grundlegendsten Gewißheiten, bin äußerst verwirrt. Ich fühle mich so unwohl in meiner Haut, daß ich sie am liebsten in Streifen herunterreißen würde. Gegen diesen Zustand hilft nur lesen, ausbüchsen vor dem eigenen Elend, eintauchen in fremde, starke Welten, mich vergessen. Habe gerade das grandiose »Die weiße Göttin« von Ranke-Graves gelesen und knöpfe mir nun »Der Gallische Krieg« von Gaius Julius Caesar vor, um den Lieblingen auch im Untergang nahe zu sein. In der Beschäftigung mit den Kelten finde ich eine ursprüngliche Kraft, die mich, kann ich sie mir einverleiben, noch eine Weile am Leben halten wird. Ich lese also verbissen um mein Leben, das mir aber andererseits kaum mehr was bedeutet. Es hat einfach keinen Sinn mehr, mich dem Verfall entgegenzustemmen, also kann ich auf die Instandhaltung der Oberfläche verzichten und tun, was mir wirklich Spaß macht: mich in ein Schwein verwandeln, wahnsinnig werden, zu den entscheidenden Dingen durchbrechen, einfach sehen, was wird. Irgendwas muß es ja noch irgendwo für mich geben. Die Ahnung von verzweifelter Größe, die Wucht der Selbstaufgabe, die Todessehnsucht. Gerne würde ich aber auch noch was Großes vollbringen, zum Beispiel ein wirklich gutes Buch schreiben. Sobald ich einen Einfall habe, fange ich an.«

Nach dieser ersten beunruhigenden Eintragung legte ich mich, so wie ich war, auf das Bett, steckte mir eine Falstaff-Zigarre an und las weiter. Es ist wahrscheinlich nicht jedermanns Sache, in einem fremden Tagebuch zu schmökern, aber in diesem Fall schien es mir durchaus gerechtfertigt. Wenn ich mit Ostwald schon nicht sprechen konnte, so wollte ich wenigstens aus seinen Aufzeichnungen etwas über seine Verfassung erfahren.

»Plötzlich wurde ich von einem Rauschen aufgeschreckt, das klang, als brause ein wutschnaubender Blizzard daher. Ich sprang aus dem Bett und wußte nicht, wo ich mich befand. Der Raum war klein, stickig und mit entrindeten Baumstämmen ausgekleidet. Nach dem ersten Schreck erkannte ich, daß ich in der Freilichtschau des Keltenmuseums Hallein auf dem Dürrnberg war, im nachgebauten Fürstengrabhügel. Ich erschauderte, denn auf einem zweirädrigen Kampfwagen saß da, von reichen Grabbeigaben und Waffen umgeben, der tote Fürst und starrte mich mit glasigen Augen an. Ein Blick aus dem Jenseits, der das Blut in den Adern gefrieren ließ. Wie war ich bloß in diese Gruft gekommen? Voll Panik stürzte ich hinaus.

Jetzt stand ich plötzlich in einer Scheune, in der es nach verfaultem Stroh und Exkrementen stank. Auf dem Boden lagen Werkzeuge verstreut, zerbrochene Tongefäße, abgebrannte Leuchtspäne, Bronzekessel und Amphoren. Eine Schar Gänse schnatterte aufgeregt und schlug wild mit den Flügeln, daß die Federn stoben. Ich blickte mich erschrocken um und entdeckte in einer Ecke einen einfachen Altar, auf dem die Holzfigur eines fetten, derben Mannes saß, der ein Hirschgeweih und um den Hals einen blitzenden Goldreifen trug. Der Gott Cernunnos, das Vorbild für den christlichen Teufel! Als er mein Entsetzen sah, verzog er den geschnitzten Mund zu einem hämischen Grinsen und schickte sich an, vom Altar herabzusteigen. Ich glaubte, mich würde auf der Stelle der Schlag treffen. Als ich schreiend die Flucht ergriff, rutschte ich aus und landete mit dem Gesicht in einem frischen Kuhfladen. Halb blind und krank vor Angst, taumelte ich ins Freie, wo mich ein tobendes Inferno empfing.

Die Nacht war taghell von einem brennenden Dorf erleuchtet. Zischend und prasselnd schlugen die Flammen aus den Blockhütten und fraßen die Schilfrohrdächer weg, als wären sie aus Watte. Ein gigantischer Feuerball wie nach der Explosion einer Ölraffinerie. Die Dorfbewohner, Mütter mit ihren Kindern, alte Männer und winselnde Hunde, versuchten vergebens dem Flammentod zu entrinnen. Sie verglühten wie Insekten an Kerzenlicht, während ihre Todesschreie erstarben, sie schmolzen in Sekundenschnelle zu verkohlten Klumpen. Ich schlug, vollkommen paralysiert vor dem ungeheuren Anblick, die Hände vor das dreckverschmierte Gesicht und wollte gerade zu schreien beginnen, als eine Stimme sagte:

Herr Ostwald, wachen Sie auf! Was ist denn los?

Vor mir stand, barfuß und in einem geblümten Nachthemd, Frau G., rüttelte mich und schaute mich besorgt an. Erst jetzt erkannte ich, daß ich schreiend am Treppenabsatz zur Wohnung meiner Vermieter saß.

Es ist Krieg, sagte ich nun tonlos, ich habe Krebs.

Sie haben schlecht geträumt, hielt Frau G. mild entgegen. Gehen Sie jetzt ins Bett zurück. Um neun bringe ich Ihnen das Frühstück.

Ich spürte, wie eine heiße, mächtige Welle meine Speiseröhre hinaufschoß, und stürzte auf die Toilette. Nachdem ich mich übergeben hatte, lag ich zitternd im Bett und kam mir vor wie ein Watussi, den ein gnadenloses Schicksal nach Grönland verschlagen hat. Ich glaubte zu zerspringen.

Ja, es herrscht Krieg, eine erbarmungslose Schlacht in meinem gottverdammten Körper. Ich konnte jetzt förmlich spüren, wie sich meine durch schädliche Substanzen und Chemikalien entstandenen anormalen Zellen unaufhörlich teilten, ihre genetischen Fehlinformationen an die Tochterzellen weitergaben, Tumore bildeten, sich wie ein Flächenbrand ausbreiteten, blutrünstig gesunde Zellen zerstörten, sie durch meine Leber und den Harnleiter in die Kloaken beförderten, aus der Muttergeschwulst ausbrachen, sich in andere Teile des Organismus treiben ließen, neue Tumore bildeten, sich zu Metastasen zerstreuten. Und die Armee der weißen Blutkörperchen war viel zu schwach, um die Invasion der Mörderzellen zu stoppen. Das Immunsystem, zerrüttet und zerfallen durch den übermäßigen Streß und die emotionalen Katastrophen, denen ich ausgesetzt gewesen war, stand auf verlorenem Posten. Niemand mehr da, der den überlegenen Feind angegriffen, eingeschlossen, zurückgeworfen und vernichtet hätte. Die Kapitulation, die endgültige Niederlage stand kurz bevor, wenn nicht bald ein Wunder geschah, wenn sich nicht neue Kampfverbände des Lebenswillens in das Schlachtgetümmel warfen. Doch wo sollten die jetzt plötzlich herkommen? Wer würde mir die zu Hilfe schicken? Wer?! Mußten die weißen Blutkörperchen nicht vielmehr das gleiche Schicksal wie die Kelten in Alesia gegen die Römer erleiden? Steht nicht die totale Vernichtung bevor?«

Verdammt, Ostwald, was mußt du für grauenhafte Qualen erleiden! Aber du bist nicht allein. Ich bin da, um dir beizustehen und zu helfen. Die schweinischen Mörderzellen, das sage ich dir gleich, können nur gestoppt werden, indem man sie mit den Kobaltstrahlen abschießt oder mit Chemikalien vergiftet. Du mußt deine Therapie fortsetzen. Davonlaufen und sich wie ein verwundetes Tier verstecken nützt da überhaupt nichts. Wir müssen den Tatsachen ins Auge blicken.

Als ich mich dabei ertappte, wie ich lauthals mit dem abwesenden Ostwald sprach, wurde mir doch unheimlich zumute. Für einen Augenblick wußte ich selbst nicht mehr, wer ich war und wo ich mich gerade aufhielt, und fühlte mich zerschlagen und krank. Kein gutes Zeichen. Das enge Zimmer erschien mir plötzlich wie eine Falle, und so machte ich hastig meine Zigarre aus, holte den Haustürschlüssel ab und lief dann durch das inzwischen nächtliche Hallstatt.

Aus dem Saal eines Gasthofs plärrten lustige Volksmusikweisen heraus, sonst war es ziemlich ausgestorben. Rund um den See strahlten unzählige Lichter, so daß er wie ein riesiger, in Silber gefaßter, tiefschwarzer Obsidian wirkte. Über den Talkessel war das Rasternetz der Stromleitungen ausgebreitet, wie sechsarmige Riesen erhoben sich die Masten in der Dunkelheit.

Trotz dieser berauschenden Naturschönheit sah ich nur blitzende Skalpelle, Gummihandschuhe, blutige Mullbinden, stählerne Klammern, monströse Apparaturen in grellem Scheinwerferlicht vor mir. Ostwald tat mir unendlich leid, aber ich war auch böse auf ihn, weil er mir das antat. Warum mußte er sich verstecken, anstatt sich von mir helfen zu lassen? Warum konnte er mir nicht einfach in die Arme laufen, so daß wir ein ernstes Gespräch führen und die ganze Sache zu einem glücklichen Ende bringen hätten können? Ich lebte meine Unruhe aus, indem ich exzessiv herumstreunte, und setzte mich dann, nachdem ich mich etwas beruhigt hatte, auf eine Terrasse über dem Wasser, trank Kaffee mit Kognak und vertiefte mich unter einer Glühbirnengirlande wieder in die Aufzeichnungen.

»Gestern in Salzburg. Sehr anstrengend und verwirrend. Eigentlich wollte ich ja nur ein Paar Schuhe, Bücher und eine Flasche Cutty Sark kaufen und gleich wieder zurückfahren, doch dann lief ich stundenlang durch die Stadt, in der ein Klima wie in einem Glashaus herrschte, in dem fleischfressende

Pflanzen gezüchtet werden. Ein wahnwitziges, ein unverzeihliches Unternehmen!

Zwischen den alten Mauern und über die Brükken donnerten unzählige Kraftfahrzeuge und machten das Atmen ganz und gar unmöglich. In der Getreidegasse und auf dem Domplatz war kein Durchkommen. Vor den Schaufenstern und Geschäftsportalen, im Dom, auf den Tribünen und in den Straßencafés drängten sich Tausende ferngesteuerter Roboter, rempelten mich immer wieder an und gaben Laute von sich, die ich für xo! hielt, die Sprache der afrikanischen Buschmänner. Ich konnte nicht glauben, daß ich mich mitten in Mitteleuropa befand, und mußte fürchterliche Dinge sehen: grüngestrichene Zehennägel, kackebraune Plastikbehälter mit Oliven, japanische Sumoringer in Neonjacken, Eistee im Tetrapack, Schwärme leberkranker Tauben mit verätzten Füßen... Jede Uhr zeigte eine andere Zeit an. Kameras surrten unaufhörlich, die Verschlüsse der Fotoapparate öffneten sich und saugten gierig das Licht in sich hinein. Die Balken der Welt schienen zu zittern und zu ächzen. Als ich genug davon hatte, flüchtete ich schweißüberströmt in das Café Tomaselli und bestellte Kaffee, in den ich meinen eigenen Whisky goß.

Das weltberühmte Kaffeehaus entpuppte sich als zweigeschossiges Biedermeierstübchen. Marmortische, Kristalluster, Spiegel, Holzvertäfelungen, blitzende Vitrinen. Die mit weißen Spitzenhäubchen ausgestatteten Kellnerinnen musterten mich mißtrauisch und bedienten mich nur widerstrebend wie ein leprakrankes Warzenschwein, das sein Fleisch in der Gegend verteilt. Dumme Tussis, Landpomeranzen! Vor kurzem hätten sie mir noch die Schuhe zugebunden, wenn ich sie darum gebeten hätte. Das allerschlimmste aber war die Versammlung am Nebentisch. Drei Männer in meinem Alter, die über all das verfügten, was vor fünf Jahren in zweifelhaften Magazinen als hip gegolten hatte. Anzüge von Armani und Chanel-Krawatten, Roßschwänzchen und Wetgel, Goldkettchen und Rolex-Uhren, Ohrringe und Hosenträger. Sie schickten den Duft von »Jazz« von Yves Saint-Laurent herüber und Bruchstücke einer Unterhaltung, die Kreativität und Intelligenz zur Schau stellen sollte, die aber nur das schaurige Gegenteil erreichte. Tumbes, leeres Geschwätz über den Modebegriff bei Baudrillard, über Computergrafiken und die Bedeutung von Musashis Schwertkampftechnik für das moderne Management. Unverdaute Brocken, auf den blechernen Tellern der Dummheit serviert. Die simulierte Welt im Lodenparadies. Eine Zumutung. Ich hätte schreien und mich am Boden wälzen mögen, denn genau diese Typen waren es gewesen, die mich unter anderem ins Exil getrieben hatten. Diese erbärmlichen Kreaturen hasse ich rückhaltlos. Jetzt zahlten die Hohlköpfe den Kaffee und ihre Säfte auch noch mit American Express. Nicht zu fassen! Der ohnehin schon äußerst miserable Tag war mir nun noch mehr verleidet.«

Diese böswillige Herabsetzung einer führenden Bevölkerungsgruppe freute mich. War Ostwald noch zu derart massiven Gefühlen fähig, konnte er nicht ganz verloren sein. Daß er die Yuppies niedermachen mußte, verstand sich von selbst, war er doch bis vor kurzem einer von ihnen gewesen und dabei fürchterlich auf die Schnauze geflogen. Ich bestellte mir grinsend noch einen Kognak und prostete ihm im Geiste zu.

Soviel ich in unseren Gesprächen über seine Vergangenheit nach und nach erfahren konnte, war Ostwald die Hoffnung der österreichischen Dependance einer großen amerikanischen Werbeagentur gewesen. Im zarten Alter von zweiundzwanzig die erste aufsehenerregende Kampagne für ein Käseblatt, das bald darauf das Zentralorgan eines neuen Lebensgefühls werden sollte. Nach einem Lehrjahr in den USA stieg er dann immer höher hinauf, bis zum stellvertretenden Agenturchef. Wie Caesar, Napoleon oder Adolf Hitler führte er einen erfolgreichen Feldzug nach dem anderen durch. Die Welt mußte brennen. Die Werbung galt in gewissen Kreisen als die neue, die unschlagbare Avantgarde in der Kunst, ja, als die neue Religion. *Everything goes.* Den Idioten da draußen konnte man schließlich alles verkaufen, griff man nur tief genug in die Töpfe der Trivialkultur, der Pseudomythologien und des faschistoiden Pathos. Man selbst gehörte hingegen einem exklusiven Zirkel an, der wie ein Geheimbund organisiert war. Eigene Lokale, ein umfassendes Zeichensystem aus Kleidung, Sprache und Statussymbolen, die Gewißheit, zu den Besten zu gehören und nur das Allerbeste an sich heranzulassen. Ostwald hatte es wie in einem Rausch genossen. Mit fünfundzwanzig besaß er bereits Nadja, das aufregendste Model der gesamten Branche, einen Chevrolet Corvette Stringway und eines der märchenhaftesten Lofts *in town.* Die Welt war ihm ein Dorf, das man fest im Griff hatte. Über das Wochenende mit der Concorde nach New York, Frühstück in Paris, rauschende Feste an den Kärntner Seen. Zweifellos ein ungeheurer Traum für einen, der nach eigener Aussage aus der Gosse kam, doch dann eines Tages das bitterböse Erwachen, die Midlife-crisis mit achtundzwanzig.

Der Abstieg wird sich durch anhaltende Schlaflosigkeit, unmotivierte Schweißausbrüche und eine tiefe Erschöpfung angekündigt haben. Plötzlich mußte er bereits am Morgen synthetische Opiate schlucken, um überhaupt nur aufstehen zu können. Die Arbeit, die ihm so überaus wichtig gewesen war und ihm so viel Freude bereitet hatte, stellte auf einmal nur noch eine einzige Quälerei dar. Die Zweifel wurden immer lauter. Konnte es die Lebensaufgabe eines Menschen sein, Firmenimages zu heben, minderwertige, unnütze Produkte unter das Volk zu bringen und im großen Stil Lügen zu verbreiten? Nein nein nein! schrie es in ihm. Es wird ihm blitzartig bewußt geworden sein, daß alles, was er tat, nicht im geringsten mit ihm selbst zu tun hatte, daß er, indem er ständig mit fremden Interessen und Haltungen jonglierte, längst zur Fiktion verkommen war. Was blieb, wenn man all den kindischen Glamour und die Illusion vom hart arbeitenden Werbefachmann wegnahm? Wer, verdammt noch mal, war der, der mit »Claus Ostwald« identifiziert wurde?

Keine Antwort in Sicht. Alles, was ihm zu sich selbst einfiel, stammte aus Filmen, Comic strips und wirklichkeitsfremden Bestsellern. Eine höchst unerfreuliche Position, in die er da geraten war. So fühlte er sich naturgemäß schlapp und elend, aber da war niemand, mit dem er über seine Schwierigkeiten hätte reden können. Wer wollte sich schon mit Fragen beschäftigen, die doch nur das mühsam erworbene Selbstverständnis angekratzt hätten? Der ganze Zirkus beruhte ja auf Übereinkünften, die, oberstes Gebot, niemals angetastet werden durften. Man hatte smart zu sein, auch wenn man sich am liebsten in der Toilette hinuntergespült hätte. Keine Gefühle, immer hart am eisigen Wind der Zeit. Die schwer löhnenden Kunden hatten schließlich ein Recht darauf, von euphorischen, durch und durch professionellen Kreativbestien vertreten zu werden. Wer den bedingungslosen Einsatz nicht brachte, konnte sich ja um einen Posten im Staatsdienst bewerben. Vor der Tür lauerten Legionen junger Hyänen, die nur auf eine klitzekleine Chance warteten und für eine Karriere alles getan hätten. Wer die Spitze erklimmen und sich dort auch halten wollte, mußte die Mentalität eines Heroindealers haben. Persönliche Skrupel waren fehl am Platz wie ein Schießstand im Keller der Heilsarmee. So das allgemeine, unausgesprochene Credo, so der Ehrenkodex.

Obwohl er sich nach außen hin nichts anmerken ließ, fiel es Ostwald immer schwerer, diese Anforderungen weiter zu erfüllen. Die Luft war raus, er konnte sich nur noch mit größter Anstrengung über Wasser halten. Der Druck, unter den Augen der gesamten Kollegenschaft immer das Beste und das Neueste bringen zu müssen, machte ihn verrückt. Was er sich ausdachte, konnte man auf jeder Plakatwand, in den Magazinen und im Fernsehen sehen – auch wenn es ein alter Hut, eine lächerliche Entgleisung war. Der unmenschliche Zwang zur Außergewöhnlichkeit fing schon bei den kleinsten Dingen an, zum Beispiel bei der Kleidung. Eine Spur zu bieder, und der Barkeeper in der Szenekneipe begrüßte einen schon nicht mehr ganz so freundlich. Etwas zu überdreht, und man bekam schon den schlechteren Tisch im Restaurant, das gerade angesagt war. Leistete man sich mehrere Fauxpas', fiel man unerbittlich im Marktwert. Eine nervenaufreibende Belastung, Streß wie im Dschungelkampf, jeder gegen jeden. Und Ostwald war so müde, so angeekelt und so ausgebrannt. Mit letzter Kraft wird er die Rolle und die Position verteidigt haben, die er aus tiefstem Herzen verabscheute. Ein Widerspruch, ein Zwiespalt von grotesker Tragik, reine Verzweiflung.

Doch es nützte alles nichts, auch nicht, daß er rohes Fleisch aß, um seine alte Aggressivität zurückzuerlangen. Je mehr man ihn in seiner Umgebung als Langstreckenläufer auf der Verliererstraße ansah, desto schneller wurde er das auch. Er litt unter Konzentrationsschwäche, versäumte wichtige Termine, lieferte mehrere Flops hintereinander und erhielt Rügen von oberster Stelle, sogar aus Übersee. Das unmerklichste Naserümpfen, die nur um Millimeter hochgezogene Augenbraue stürzten ihn jetzt in tiefste Depressionen. Er fühlte sich ständig verfolgt und ungerechtfertigt angegriffen, er empfand sich als Opfer eines riesigen Komplotts. Eine Karriere, die so gut begonnen hatte, neigte sich langsam ihrem Ende zu.

Als erste verließ Nadja das sinkende Schiff und stieg auf eine schnittigere Segeljacht um. Dann ging alles Schlag auf Schlag. Ein peinlicher Auftritt bei einer Kundenversammlung: böse Worte, zugeschlagene Türen, Kopfschütteln. Theaterdonner, gewiß, aber dennoch der Anfang vom Ende. Er wurde in ein kleineres Büro verbannt und bei den Spesen zurückgestuft, was praktisch einem Todesurteil gleichkam. Jetzt konnte er, wollte er Anstand und Würde behalten, nur noch alles hinschmeißen. Daß er diesen Schritt tatsächlich machte, ist ihm hoch anzurechnen. Er kündigte freiwillig, hing einige Zeit herum und trat dann, auf der Suche nach etwas gänzlich anderem, unserem Keltenzirkel bei, der ihn auf Anhieb begeisterte. Doch nach einigen glücklichen Monaten der spirituellen Regeneration tauchten, Krönung und Ergebnis der ganzen unheilsamen Entwicklung, diese hundsgemeinen Knoten auf. Die Diagnose lautete: Lymphdrüsenkrebs.

»Das verschlafene Hallstatt ist inzwischen um eine Attraktion reicher geworden. Ich sah sie zuerst, als ich mit drei Schiffern des lokalen Verkehrsunternehmens, das auch die Schiffahrtslinie betreibt, im Buffet neben der Anlegestelle saß. Ich hörte belustigt zu, wie sich die Blödmänner stritten, wie wohl Stundenkilometer in Knoten umzurechnen seien, als uns die Attraktion ins Auge sprang. Wir brachten die Mäuler nicht mehr zu, denn was wir sahen, paßte nicht hierher.

Von Bord ging da eine Frau, die furchterregend aussah. Sie war mindestens 1,80 Meter groß, sehr kräftig gebaut und beinahe kahl. Ihre monströse Kleidung setzte sich aus schwarzem Leder und vergilbten, abgewetzten Fellen zusammen. An ihrem Hals blitzte ein polierter Bronzereifen, die schweren Stiefel wirbelten Staubwolken auf, in der Hand hatte sie einen Koffer aus unlackiertem Holz. Sie schickte einen Blick zu uns herüber, der uns zusammenzukken ließ, als hätten wir im Hallstätter See das Ungeheuer von Loch Ness gesehen. Dann verschwand sie wie ein Bulldozer hinter einem filigranen Andenkenkiosk. Die Schiffer schauten sich betroffen an.

Beim Schaum, dem Aphrodite entstieg, ich möchte auf der Stelle tot umfallen, wenn diese Monsterfrau nicht ein großer Keltenfan und eine wüste Kriegerin ist. Im »Goldenen Hirsch«, wo sie abstieg, stellte sich heraus, daß sie Viviane Monroe heißt und aus London stammt. Der Wirt fürchtete um das Ansehen seines Hauses und das Mobiliar, da sie aber über eine Menge Geld zu verfügen schien, konnte er nichts unternehmen. Die Sprache, die sie mit einer tiefen, rauhen Stimme hervorbrachte, verstand niemand. Ich, der ich mich kurz in den Auflauf rund um den »Goldenen Hirsch« gemischt hatte, nehme aber an, daß es sich nur um einen Cockney-Akzent oder eine irische oder schottische Mundart handeln kann. Die Hallstätter haben jedenfalls einen neuen Gesprächsstoff, so daß ihnen weniger langweilig ist. Sie machen hemmungslos Gebrauch davon. Ich hätte nichts dagegen, nähere Bekanntschaft mit diesem martialischen Wesen zu machen. Vielleicht würde es mich sogar auf eine Idee für mein Buch bringen. Wir werden sehen.«

Die Nacht war wie ein Aufenthalt in der Hölle. Das unablässige Rauschen des Waldbachs versetzte mich in wüste Katastrophenszenarien, so daß ich mehr als einmal schweißgebadet aus dem Schlaf fuhr. Dann wußte ich nicht, wo ich war, oder glaubte, Ostwald sei zurückgekehrt und liege an meiner Seite, was mir eine Gänsehaut bescherte. Die Suche nach dem Freund, die ich so großherzig angetreten hatte, wurde mir immer unangenehmer. Ich fühlte mich wie ein Champignon de Paris in der Dose.

Als endlich das metallische Blau der Morgendämmerung durch das Fenster fiel und ich aufstehen konnte, war ich wirklich froh. Inzwischen war mir der Gedanke gekommen, Ostwald könne, während ich hierher unterwegs gewesen war, aus irgendeinem Grund nach Wien gefahren sein, so daß wir uns auf der Strecke, zum Beispiel in Attnang-Puchheim, gekreuzt hatten. Ich nahm ein Bad, zog ein T-Shirt mit der Aufschrift MUSCLE STATE und eine Armeehose an und schluckte eine Handvoll Multivitamintabletten. Da ich zu so früher Morgenstunde die nette Frau Gamsjäger nicht belästigen wollte, ging ich dann in den Ort, um eine Telefonzelle zu suchen. Bei mir hatte ich Ostwalds Tagebuch, in dem weiterzulesen ich am Abend keine Lust mehr gehabt hatte. Freilich wollte ich auch gerne diese mysteriöse keltische Punkerin zu Gesicht bekommen. Vielleicht konnte sie mir ja eine Auskunft über den Flüchtling geben. Vielleicht hatte er sich sogar mit ihr davongemacht. Zuzutrauen war ihm das.

Vom Soleleitungsweg, wo an der Wildbachverbauung gearbeitet wurde, hallten dumpfe Hammerschläge herunter. Durch die schmalen Gassen kämpften sich große Lieferwagen. Die einzige Telefonzelle war vorübergehend außer Betrieb, so daß ich warten mußte, bis das Postamt öffnete. Eine alte Frau stellte frische Blumen vor das Kriegerdenkmal. Vor dem Gemeindeamt fegte ein Straßenkehrer drei Steine und fünf Blätter weg und sagte, nachdem er mich freundlich gegrüßt hatte: Ein Wahnsinn, wie's da schon wieder ausschaut.

Ich brachte die Wartezeit herum, indem ich dem letzten Drittel der katholischen Frühmesse beiwohnte, und ging dann telefonieren. Der Postbeamte hatte einen Hirschfänger in der krachledernen Kniehose und bediente gleichzeitig die modernste elektronische Telefonanlage. Ich wählte nervös Ostwalds Nummer, aber niemand hob ab. Nachdem ich es gut zehn Minuten hatte klingeln lassen, gab ich es auf und setzte mich wieder in den Gastgarten des Bräuhauses, wo gerade mit einem Wasserschlauch die Heckenpflanzen abgespritzt wurden. Wieder eine Hoffnung weniger. Ich bestellte mir ein ausgiebiges Frühstück und schlug erneut das blaue Quartheft auf. Was konnte ich denn anderes tun?

»Ich sitze in meinem Zimmer wie in einer Falle. Eingeklemmt in den zugeschnappten Fangeisen, bin ich starr und stumm vor Schreck, während ich hilflos verblute. Und würde ich schreien und um mich schlagen, es würde mich doch niemand hören, niemand, der mir helfen könnte. Ich schleudere Bücher gegen die Wand, stampfe mit dem Fuß auf, verkrampfe die Hände wie ein Mörder, der mit einem raschen, eisernen Griff die Einsamkeit überwinden will. Die Sehnsucht nach einem Menschen ist ein Schmerz, der mich zu Boden schlägt. Zur Hölle mit der verzweifelten Größe, der Selbstaufgabe und der Todessehnsucht! Ich will mit jemandem reden, mich an eine warme, weiche Haut kuscheln, nicht mehr einsam sein, lieben. Statt dessen nehme ich einen großen Schluck Cutty Sark aus dem Zahnputzbecher und renne in einen trüben Tag hinaus.«

Verdammt, Ostwald, mit meiner Haut kann ich dir nicht dienen, aber sonst stehe ich voll zur Verfügung. Hast du denn nicht begriffen, daß ich dein Freund bin? Ich bin doch immer für dich da.

»Nachdem ich die Häuser hinter mir gelassen hatte, wurde ich etwas ruhiger. Die mächtige Waldlandschaft des Echerntals besänftigte das Gefühl, daß es mich jeden Moment wie einen schadhaften Heizungskessel zerreißen könnte. Ich lief auf einem Forstweg eine eingezäunte Fichtenschonung entlang, über die schwarzes Gewölk dahintrieb. In der Traktorspur, die zwischen die hohen Stämme hineinführte, klebte eine zerquetschte Maus, über der glitzernde Insekten surrten. Der Waldbach stürzte tosend die Hänge herunter, wich riesigen, mit glitschigem Moos bewachsenen Felsblöcken aus, unterlief bizarres Wurzelwerk, sprudelte und schoß unverdrossen seiner Auflösung im See entgegen. Türkisblaues Wasser, glasklar, mit blütenweißen Wellenkämmen. *Fast forward*, Rückstau: eine aufregende Holographie. Ich atmete kräftig durch, ließ auf einem Steg meinen Blick schweifen und fühlte mich irgendwie gereinigt. Der Schmerz ließ nach.

In dem Moment wußte ich, daß es trotz allem richtig gewesen war, Wien zu verlassen und ohne ein Wort die Behandlung abzubrechen. Lieber in der so lange entbehrten Natur zugrunde gehen, sagte ich mir, als auf der Science-fiction-Bühne einer Intensivstation. Einfach zurückkehren in den Schoß der Erde, den toten Körper mit rotem Ocker eingefärbt, gewaltige Bärenschädel als Grabwächter am Totemplatz. Wie vor vierzigtausend Jahren. Und die Seele? Wo wird die sich, falls überhaupt vorhanden, hinbegeben?

Daran will ich jetzt nicht denken. Ich stelle mir lieber zum hundertsten Mal die dummen Gesichter der Ärzte und Schwestern vor, als ich einfach nicht mehr zur Strahlentherapie erschienen bin. Großes

Rätselraten, Verwunderung, Sorge und wahrscheinlich auch Wut. Wo war der Patient hinverschwunden, dem sie doch helfen wollten, der doch ein Recht auf Hilfe hatte? Vom Erdboden verschwunden, in Luft aufgelöst, davongerannt. Zu blöd. Ob sich bereits die Bullen auf meine Fährte geheftet haben?

Denke ich jetzt daran, muß ich grinsen, als hätte ich ihnen einen tollen Streich gespielt, doch damals war mir mehr nach heulen zumute gewesen. Gequält hatte mich ja nicht so sehr das Wissen um die schwere Krankheit, ganz im Gegenteil: Anfangs hatte ich sogar Erleichterung verspürt, erschien mir ihr plötzlicher Einbruch in mein Leben doch als große Chance, der emotionalen Hölle zu entfliehen, die Widersprüche aufzulösen und wieder zu mir selbst zu finden. Ein Initiationsritus. Jetzt wußte ich wenigstens, was mir fehlte. Aber bald mußte ich erkennen, daß diese Hoffnung nicht zu realisieren war, daß ich mich keineswegs auf die Reise nach innen begeben konnte. Ich war umsonst krank geworden – das war die Tragik! Kaum hatte man die unscheinbaren, schmerzfreien Knoten als Lymphdrüsenkrebs entlarvt, drängte man mich schon in die nächste Rolle, die des Todeskandidaten, und stieß mich in eine Welt, in der man sich tatsächlich nur noch den Tod wünschen konnte, um erlöst zu werden. Es interessierte nicht mehr, wer und was ich gewesen war, nun war ich nur noch ein Fall, Lymphdrüsenkrebs. Wo ich erschien, wurden die Stimme und der Blick gesenkt, signalisierte die Körpersprache, daß man Angst hatte, sich von mir den Tod zu holen, oder auch nur daran erinnert zu werden, nervte mich die verlogene Zuversicht und Fröhlichkeit. Eine unüberwindliche Distanz hatte sich plötzlich zwischen mich und die Menschheit geschoben. Kaum hatte ich einmal kräftig durchgeatmet und die neue Situation ins Auge gefaßt, wurde ich schon einer endlosen Kette von Untersuchungen, Behandlungen und bürokratischem Kram unterworfen. Dauernd zapften sie mir Blut ab, schlossen mich an Computer an, malten mir mit Wachskreide ein leuchtendes Quadrat auf die Brust, den Stempel SCHLACHTREIF, der unter keinen Umständen weggewischt werden durfte, beschossen mich täglich mit Kobaltstrahlen, behandelten mich wie eine Maschine, die sich nicht wehren kann. Hatte ich vor Beginn der Therapie keinerlei Beschwerden gehabt, so litt ich nun ständig unter Appetitlosigkeit, Durchfall, Übelkeit und starken Körperschmerzen, daß ich kaum noch gehen konnte. Was mir bisher mehr oder weniger wichtig gewesen war, war plötzlich völlig bedeutungslos, verbrachte ich doch die meiste Zeit im Krankenhaus und konnte mich auf nichts anderes mehr konzentrieren. Tagtäglich hing ich stundenlang auf den tristen Krankenhausgängen zwischen strickenden Omas herum, war ständig mit fortgeschrittenen Krebspatienten konfrontiert, oft jungen Menschen, die alle Haare verloren hatten und nur noch aus Haut und Knochen bestanden, Gespenster, die mir nun wirklich angst machten. Wollte ich in einem halben Jahr wie diese erbarmungswürdigen Kreaturen herumschleichen? Wollte ich einer von ihnen werden? Wollte ich in Klinikbetten dahinsiechen und mich der fürchterlichen Behandlung aussetzen, die mich in letzter Konsequenz auch nicht retten konnte? Nein, wollte ich nicht! Also packte ich meinen Koffer, und jetzt bin ich hier. Wie soll es weitergehen? Keine Ahnung.

Leicht ist das selbstbestimmte Leben jedenfalls nicht.«

Diese intensive Selbstverständigungsprosa hatte mir jede Lust an meinem Frühstück genommen. So also hatte Ostwald sich gefühlt, und ich, der ich ein Freund sein wollte, hatte nicht mal was davon gemerkt. Ich hatte ihn aufzuheitern versucht, indem ich ihm Humphrey Bogart als Beispiel vorhielt, der noch im Totenbett, auf das ihn der Lungenkrebs hingestreckt hatte, eine Zigarette nach der anderen rauchte. Ich hatte von archaischen Gesellschaften gefaselt, in denen der kranke Mensch als heilig und besonderer Günstling der Götter galt. Kein Wunder also, daß Ostwald davongelaufen war. Aber wie hätte ich was von seiner Verzweiflung merken sollen? Er war doch cool wie immer gewesen, hart wie gefrorener Orangensaft. Trotzdem fühlte ich mich persönlich für sein Verschwinden verantwortlich und wollte ihn endlich finden, um ihm wenigstens jetzt voll und ganz beizustehen. Auf der Suche nach Hinweisen über seinen möglichen Aufenthaltsort durchforstete ich weiter sein Tagebuch.

»Auf meiner Wanderung im Echerntal drang ich immer tiefer in die Wälder ein. Zwischen die dicht an dicht stehenden Stämme fiel kaum Licht, so daß ich mich durch graue Düsternis bewegte. Zweige peitschten mir ins Gesicht, im Ohr hatte ich ein anhaltendes Sirren, als würde der Wind feine Silberdrähte in Schwingung versetzen. Aus dem Halbdunkel tauchten Steinblöcke auf, die wie sprungbereite Tiere lauerten. Langsam wurde mir, zumal ich die Orientierung verloren hatte, unheimlich zumute.

Ich hatte den Eindruck, daß ich nicht allein hier war, daß mich, im Dickicht verborgen, jemand beobachtete. Mensch oder Tier? Wer sah mich an? Dem Knacken und Rascheln rundherum nach zu schließen, war der ganze Wald belebt und in Aufruhr. So rannte ich voll Panik los und kämpfte mich durch die mit Dornen gespickte Vegetation. Wo sollte ich hin? Unbedingt mußte ich rasch aus dieser Finsternis hinaus, bevor mir etwas Fürchterliches zustieß. Irgendwas stimmte da nicht. Es war mir, als würde ich von einer unsichtbaren Macht gelenkt, wie eine Marionette an Drähten gezogen. Immer weiter, immer noch tiefer in den Wald hinein, immer schneller, ohne daß ich etwas dagegen hätte tun können, bis ich plötzlich abrupt auf einer Lichtung zu stehen kam. Ende der Wilden Jagd.

Die Lichtung war kreisrund in den Wald hineingeschnitten und hatte was von einem Kultplatz. Ich ging erschöpft in die Knie und rang nach Atem, und dann riß plötzlich der schwarze Himmel auf, und eine gleißende Lichtbahn senkte sich auf mich herab. Gleichzeitig meinte ich, eine rauschende Orgelmusik zu hören, das Tedeum von Charpentier, und eine schmeichelnde Frauenstimme, die mich rief. Ich streckte die Arme der Sonne entgegen und wurde von einem nicht gekannten Wonneschauer durchrieselt. Die Musik schwoll zum Fortissimo an. War ich gestorben und in den Himmel aufgefahren? Oder nur vollkommen wahnsinnig geworden?

Doch die merkwürdige Geschichte war noch nicht zu Ende. Es sollte noch besser kommen.

Als ich nach einer Ewigkeit wieder in Hallstatt war, fiel ein dichter Regen. Die Gassen und Plätze waren ausgestorben, nur der Wind tobte und riß an

Markisen und vergessenen Sonnenschirmen und peitschte den nebelverhangenen See. Obwohl ich bis auf die Haut durchnäßt war, fühlte ich mich nach meiner Vision im Wald ganz großartig und verspürte nach langer Zeit wieder großen Appetit. Ich aß im Bräuhaus einen Suppentopf und einen riesigen Fisch und hätte dann noch gerne was unternommen: eine kleine, schummrige Bar besucht, mit der Barfrau geredet, die sich auskannte mit Krebspatienten und anderen Verlierern, auf einen farbigen Bildschirm geschaut. Doch das war hier natürlich nicht zu haben. Ich war schon auf dem Heimweg, als ich plötzlich aufhorchte. Konnte das wahr sein? Das war ganz und gar unglaublich!

Durch das Prasseln des Regens hörte ich deutlich Orgelmusik, das Tedeum von Charpentier! Jede Täuschung war ausgeschlossen. Als ich herausgefunden hatte, daß die Klangwolke nur von der katholischen Kirche kommen konnte, die im Gegensatz zur evangelischen auf einer Anhöhe stand, sprintete ich los und sprang die steilen, überdachten Steinstufen hinauf. Was hatte das jetzt wieder zu bedeuten? War ich am Nachmittag tatsächlich gerufen worden?

Unter meinen Schuhen knirschte der Kies, der zwischen den Gräbern aufgeschüttet war. Die Grabsteine und Eisenkreuze glänzten vor Nässe wie Stanniolpapier. Ich stürzte, einer Ohnmacht nahe, auf das Kirchentor zu, hinter dem die Orgel alle Register zog und in die vollen ging, aber die schwere, mit Schnitzereien verzierte Eichentür war versperrt. Verdammte Scheiße! Ich mußte da jetzt unbedingt hinein, schließlich war ich, von wem auch immer, gerufen worden. Hinter dieser gottverdammten Tür konnte sich mein Lebensretter befinden, die letzte Hoffnung, das lange erwartete Zeichen. Ob ich wahnsinnig war oder nicht, war mir vollkommen egal.

Da alles Klopfen und Rütteln, Schreien und Fluchen nichts nützte, ging ich zwischen den konzentrisch angelegten Gräberreihen um die Kirche herum. Vielleicht hatte das Ding ja auch einen Notausgang oder eine Hintertür. Es hatte nichts. Vor Kälte und Klammheit schlotternd, wollte ich schon aufgeben, da entdeckte ich bei dem etwas abseits gelegenen Gebeinhaus einen fahlen Lichtschein. Wartete dort die Ruferin auf mich? Ich ging mit weichen Knien und klappernden Zähnen darauf zu, öffnete vorsichtig die nur angelehnte Tür – und blickte auf eine gespenstische Szene.

Der Karner wurde von zahlreichen Grablichtern erleuchtet, die auf dem staubigen Steinboden im Kreis aufgestellt waren. In der Mitte des flackernden Feuerrings saß Viviane Monroe in ihrer glänzenden Lederkluft, auf der sich die Flammen spiegelten, so daß es aussah, als würde sie brennen. Vor ihr lag ein großes Silbertablett, auf dem drei Totenköpfe standen, an ihrem Hals blitzte der typisch keltische Torque. Sie hatte sich mit einer Rasierklinge eine Fingerkuppe aufgeschnitten und ließ nun, während sie unverständliche Beschwörungsformeln murmelte, ihr Blut über die Totenköpfe fließen. Ein Bild von außergewöhnlicher Kraft und Schönheit, eine sakrale Darbietung. Ich starrte wie gebannt hin und wußte augenblicklich, das war es, was ich gesucht hatte. Ich war am Ziel.«

Hier endete Ostwalds Tagebuch, und ich brauchte nun dringend einen Kognak. Das war ja die reinste

Horrorshow. Ach, Ostwald, was machst du für Geschichten? Obwohl es mir nicht leichtfiel, ging ich schließlich in den »Goldenen Hirsch«, um nach diesem mystischen Frauenzimmer zu fahnden. Daß sie und Ostwald miteinander zu tun hatten, bezweifelte ich nun nicht mehr.

II
VIVIANE

Das geräumige Badezimmer war von heißem Dampf erfüllt, der wie eine Nebelwand den Blick aufsog, bevor er sich in Form von feinen Wassertröpfchen auf den glatten Oberflächen niederließ. Robert Steiner stieg beschwingt aus der Dusche, denn diese englische Punkerin, die er kurz zuvor vor dem »Goldenen Hirsch« gesehen hatte, hatte ihn in beste Laune versetzt und ihm ein Gefühl von Thrill und Fun eingeimpft. Mit dieser martialischen Kriegerin hätte er gern den einen oder anderen Kognak gekippt und sie vor allem gefragt, was sie in diesem harmlosen oberösterreichischen Fremdenverkehrsnest zu suchen hatte. Wie einer der üblichen Sommerfrischler sah die nämlich nicht gerade aus.

Er stand nun nackt vor dem beschlagenen Spiegel, schaute angewidert auf seinen Schwabbelbauch hinunter und schabte sich dann mit einem Naßrasierer die Flechten aus dem Gesicht. Dabei schnitt er herzerweichende Grimassen, als plötzlich im Rechteck des Spiegels ein zweiter Kopf auftauchte, der aussah wie aus Metall gemacht. Der Kopf, der in den Dunstschleiern zu schweben schien, gehörte, daran bestand kein Zweifel, der Frau, an die er gerade gedacht hatte. Da schwebte der Kopf der englischen Punkerin! Himmel, Herrgott, wie war die hier reingekommen? Er ließ den Rasierer fallen, wich, zu Tode erschrocken, zurück und verkrallte sich im knallgelben Duschvorhang, von dem das Wasser abperlte.

Jetzt machte die Frau einen zaghaften Schritt auf ihn zu. Da erkannte er erst, daß auch sie nackt war, und das versetzte ihm den nächsten Schock. Der wuchtige Körper, der in der Lederkluft so überaus kraftvoll und geschmeidig gewirkt hatte, war eine einzige Katastrophe. Aschgraue Elefantenhaut, über und über von Geschwüren zerfressen, herabhängende Fleischlappen, Wundränder mit schwefelgelben Eiterbatzen, Zehennägel aus verschorftem Horn. Er kotzte in die Brausetasse und wäre am liebsten durch den Abfluß entflohen. Doch da war kein Entkommen. Die Frau lächelte verlegen, walzte unbeholfen auf ihn zu und umarmte ihn. Es war, als würde er sich in einer Grube voll verfaultem Obst wälzen: so ein bestialischer Gestank. Sie preßte seinen Kopf gegen ihre schwammigen, mit Blutergüssen übersäten Brüste und flüsterte ihm ins Ohr. Obwohl sie einen grauenhaften englischen Dialekt sprach, verstand er sie gut: Sie heiße Viviane. Er solle auf der Stelle mit ihr kommen, denn er sei der einzige, der ihr verlorenes keltisches Volk noch erretten könne. Er sei die allerletzte Hoffnung.

Die allerletzte Hoffnung? Das keltische Volk? Er gehörte zwar einem nostalgischen Keltenzirkel an, das stimmte schon, aber dieser indogermanische Volksstamm war doch seit Jahrtausenden aus der Geschichte ausgeschieden. Was sollte da jetzt ausgerechnet er erretten?

Steiner drückte eine eisige Brustwarze von seinem Auge weg und rang nach Atem, während er von extremen Gefühlen hin und her gerissen wurde. Einerseits hatte ihn das nackte Entsetzen gepackt, unbeschreiblicher Ekel, andererseits verspürte er eine tiefe Verbundenheit mit dieser geschundenen Kreatur, überwältigendes Mitleid und eine eigenartige Form von Liebe. Warte doch einen Moment, stieß er hervor und befreite sich mit aller Kraft aus der Umklammerung, laß mich erst mal durchatmen.

Die Zeit drängt, sagte Viviane und walzte zum Fenster, das undurchsichtig war.

Auf der stahlblauen Wasseroberfläche des Hallstätter Sees lag eine schneeweiße Nebeldecke. Der Schattenriß einer vorgelagerten Landzunge trug einen leuchtenden Zuckerhut. Die Nebelschwaden stiegen in Zeitlupe die bewaldeten Berghänge hinauf. Hinter den oberen Rändern kam ein rötlicher Lichtschein herauf.

Robert Steiner und Viviane gingen schweigend nebeneinanderher, zwischen den Gärten und Einfamilienhäusern des Ortsteils Lahn hindurch, den Waldbach entlang, auf das Echerntal zu. In ihrem üblichen Outfit wirkte Viviane wieder wie die reine Verkörperung von Kraft und Gesundheit, aber Steiner war dennoch sehr unbehaglich zumute. Was wußte er denn schon von dieser Frau, der er, ohne lange nachzudenken, gefolgt war? Was sollte der Unfug mit den Kelten? Auf welchen Schwachsinn ließ er sich da ein?

Auf den glitzernden Wiesen stieg ihnen der Geruch von frisch geschnittenem, nassem Gras in die Nase. Im Ohr hatte er metallisches Kuhglockengebimmel. Auf seine wiederholten Fragen, wo denn der Ausflug hingehen solle, schwieg Viviane konsequent. Sie drang nun immer tiefer in das Echerntal ein, marschierte immer höher auf den Berg hinauf.

Steiner hatte große Mühe, ihr zu folgen, und keuchte bald wie ein asthmatischer Wandervogel. Die Baumwipfel summten, als wären sie Hochspannungsleitungen, die wuchernde Bodenvegetation durchnäßte ihm die Schuhe. Über dem tosenden Waldbach schwebten dichte Nebelschleier, einzelne Nebelfetzen fuhren wie Liftkabinen die schroffen Felswände hinauf. Eine Szenerie wie aus einem Fantasy-Spektakel. Was hatte Viviane in dieser abgelegenen, nur schwer zugänglichen Gegend bloß mit ihm vor? Er funkte SOS, aber Viviane hielt nicht an, bis sie, nachdem sie auf großen Felsblöcken den Bach überquert hatte, eine Höhle erreichte, die hinter einem Wasserfall in den Berg hineinführte. Er torkelte hinter ihr her und sank dann wie ein angeschossener Westernheld zu Boden. Auf seine Schuhe spritzte weißer Schaum, vor seinen Augen tanzten bunte Sterne. Der Wasserfall rauschte wie eine Klimaanlage, die die ganze Welt temperieren muß.

Viviane saß bewegungslos auf einem spitzen Stein und schaute Steiner fest und sehr ernst in die Augen. Unter diesem Blick hatte er den Eindruck, daß sich die Höhle plötzlich in ein Kirchenschiff verwandelte und Viviane von einer Aura strahlenden Lichts umgeben war. Die sakrale Stimmung setzte ihm schwer zu, während ihn die Erkenntnis traf, daß sie ganz alleine hier waren und niemand von ihnen wußte. Zwei total verschiedene Menschen, ein Mann und eine Frau, rundherum nur Wildnis. Was machen wir hier eigentlich? brüllte er gegen das infernalische Rauschen und die aufkommende Beklemmung an.

Viviane reagierte nicht. Sie kramte in ihren Taschen und beförderte einen merkwürdigen Glaskolben zutage, in dem eine rubinrote Flüssigkeit schwappte. Nachdem sie das Ding mit ihrem Benzinfeuerzeug erhitzt hatte, trat ein dicker, stechend riechender Qualm durch die Öffnung. Sie nahm einen tiefen Zug davon und reichte den Glaskolben an Steiner weiter. Es sträubte sich alles in ihm, aber jetzt führte kein Weg mehr zurück. Was auch immer hier vor sich ging, er mußte mitmachen. An dem unheimlichen Ort hatte er jede Entscheidungsfähigkeit eingebüßt. Er konnte sich nicht helfen.

Der Qualm stach wie eine Lanze in seine Lungenflügel, und gleich darauf fühlte er sich von einer ungeheuren Kraft hochgehoben und in eine Gewitterwand hineingestoßen. Rund um ihn blitzte es in allen Farben, der Donner war von gigantischer Lautstärke, ein brausender Sturm warf ihn zu Boden. Als er das Bewußtsein zurückerlangt hatte, rappelte er sich hoch und riß verwundert die Augen auf, denn jetzt verstand er überhaupt nichts mehr.

Wo gerade noch eine dunkle, feuchte Höhle gewesen war, befand sich nun ein hell erleuchteter Ballsaal. Robert Steiner stand an einer Bar und hatte ein Glas Sekt Orange vor sich. Ein unsichtbares Orchester spielte eine Musik, wie er sie noch nie gehört hatte. So wunderschön. Der Ballsaal hatte die Ausmaße eines Fußballfelds und erstrahlte in einem überirdischen Licht. In Marmorbecken standen neben plätschernden Wasserspielen Flamingos, Hydrokulturen verströmten intensive Düfte. Die Wände waren mit teuren Brokatstoffen bespannt und mit edlen Hölzern verkleidet. Außer ihm war niemand da. Er konnte nicht begreifen, was vor sich gegangen war, und schüttelte immer wieder ungläubig den Kopf. Lag er in einem Fiebertraum? Fantasierte er?

Von Viviane, die ihm vielleicht alles erklären hätte können, fehlte jede Spur. In all der Pracht fühlte er sich so einsam, so grenzenlos unwirklich wie in einer Installation von Edward und Nancy Kienholz, gleichzeitig wußte er aber, daß das alles echt war. Das langstielige Glas in seiner Hand. Der prickelnde Geschmack auf der Zunge. Die Lichtreflexe auf der polierten Marmortheke. Die Tiefe des Raums. Er versuchte einen Blick nach draußen zu werfen, doch die hohen, nach oben hin spitz zulaufenden Fenster waren verspiegelt. Und dann tauchte plötzlich Viviane auf. Doch wie sah die jetzt aus? Er pfiff überwältigt durch die Zähne und spürte, wie in seinem Bauch Orchideen ausschlugen. Die Geschichte wurde immer besser.

Viviane schritt eine geschwungene Treppe herab. Sie trug ein mit glitzernden Pailletten besetztes, bodenlanges Abendkleid und eine blutrote Federboa. Ihr Haar, das jetzt bis zu den Hüften reichte, leuchtete wie Kastanien in einer Futterkrippe, die von den Scheinwerfern eines Schneemobils angestrahlt wird. Ihr Teint erinnerte an ein Glas Milch mit einem Schuß Kognak, die Augen waren aus Obsidian gefertigt. So eine wunderbare Frau hatte Steiner überhaupt noch nie gesehen. Er brach in Schweiß aus, während sie ein paar Zentimeter über dem Boden auf ihn zuzuschweben schien. Viviane, stammelte er, o Viviane, was ist denn…

Sie legte ihm einen Finger auf die bebenden Lippen und schenkte ihm ein Lächeln, das ihm direkt ins Herz fuhr. Als sie ihn umarmte, hatte er das Gefühl, in einen Strudel aus heißem Karameleis hineinzustürzen. Die elektrische Anziehung war einfach unglaublich. Er war so unsterblich verliebt, wie er es nie für möglich gehalten hätte, und Viviane schien es nicht anders zu gehen. Ihr heißer Leib drängte sich an ihn, als sie sich in Zeitlupe auf der Tanzfläche bewegten. Ihr roter Mund schmeckte wie Ambrosia. Sie küßten sich lange, dann hauchte ihm Viviane ins Ohr: Robert, ich liebe Euch. Folgt mir in drei mal sieben Minuten. Es ist alles vorbereitet. Ich werde ewig Eure Frau sein.

Steiner hätte vor Glück weinen mögen. Er konnte es nicht fassen. Dieses zauberhafte Geschöpf sollte die Punkerin aus London, das Monster aus dem Badezimmer sein? Und wo waren sie überhaupt? In einem Märchen? Warum war sie ihm erst in dieser grauenhaften Gestalt erschienen? Sollte er geprüft, auf seine Menschlichkeit abgeklopft werden? Woher kannte sie seinen Namen?

Er starrte wie hypnotisiert auf die Geliebte, die sich ein blutrotes Strumpfband zurechtzog und dann mit kerzengeradem Rückgrat durch eine auseinanderfahrende Schiebetür aus Glas entschwand. In seine lodernde Leidenschaft mischte sich jetzt eine Spur von leiser Angst. Einundzwanzig Minuten. Wie sollte er jetzt einundzwanzig Minuten überstehen? Und was würde ihn erwarten? Ach Scheiße, sagte er sich, wenn er schon mal aus undurchsichtigen Gründen im Paradies gelandet war, konnte er es ja auch genießen, nicht? Er versuchte sich zu beschäftigen, indem er sich ausgiebig in eine türkisblaue Stoffserviette schneuzte, verschiedene Gegenstände verrückte und die Einzelheiten des Ballsaals studierte. Als er nach der Zeit sehen wollte, merkte er, daß er seine Armbanduhr vergessen hatte. Das erschien ihm wie ein Symbol dafür, daß nun alle irdischen Beschränkungen und Bedingungen der Zeit außer Kraft gesetzt waren. Schließlich eilte er mit weichen Knien auf die Glastür zu. O Viviane!

Hinter der Glastür, in die merkwürdige Zeichen geätzt waren, lag ein Foyer, das von mächtigen Säulen getragen wurde. An den Stangen einer Garderobe baumelten leere Kleiderbügel. Viviane konnte er nirgends entdecken. Klar, die bereitete sich ja auch gerade auf den Start ihres furiosen Liebeslebens vor. Bürstete sich die Haare aus. Legte Duftwässer auf. Er musterte sich mit vibrierenden Nasenflügeln in einem Kristallspiegel und strich sich die klatschnassen Locken zurück. Erstaunlicherweise sah der kleine fette Lehrer aus Wien-Ottakring plötzlich wie ein feuriger Held aus. Wirklich umwerfend, was die Liebe alles zu bewirken vermochte! Blöd nur, daß er sich nicht nach dem genauen Treffpunkt erkundigt hatte, aber irgendwo hier mußte es ja sein. Er trat durch eine weitere Glastür. Sein Herz hämmerte wie ein wildgewordener Drumcomputer.

Das Haus verfügte über reichhaltige Eingeweide. Zahlreiche Werkstätten, dunkle Gänge, weitläufige Lagerhallen, doch alles menschenleer. Steiner gelangte in eine Art Tunnel, der mit blitzenden Leitungsrohren vollgestopft war und immer niedriger wurde. Das war wohl nicht unbedingt der geeignetste Ort für ein Rendezvous. Als er schon beinahe kriechen mußte, entwich plötzlich mit einem ohrenbetäubenden Zischlaut den Leitungsrohren der bekannte Qualm und drang wieder in seine Lunge ein. Schon spürte er, wie unter seiner Schädeldecke erneut diese unbändige Kraft zu toben begann. Hilfe! Er hielt den Atem an, robbte, so schnell er konnte, auf ein blendendes Licht zu und erreichte einen großen unterirdischen Raum. Da atmete er auf, aber seine Stimmung hatte sich nun grundlegend geändert. Mit schreckgeweiteten Augen blickte er um sich.

In dem Raum waren Kanister und Tonnen gelagert, die mit einer glitzernden Eisschicht bedeckt waren. Das funkelte und strahlte wie ein polares Sternenzelt. Zwischen den Behältern huschten schneeweiße Riesenratten herum, die ihn aus rubinroten Augen anglotzten. Seine Angst ging nun nahtlos in Panik über. Was hatte das alles zu bedeuten? In welche Falle hatte ihn Viviane da gelockt? Was waren das für Vorgaukelungen? Er konnte doch nicht einfach so tun, als wäre das alles normal und er nur auf der Suche nach einem Liebesabenteuer. Wie sollte er hier jemals wieder lebend rauskommen? Was sollte er tun? Er brüllte: Viviane, wo steckst du denn? Was hast du mit mir vor?

Da hörte er plötzlich einen markerschütternden Schrei, der aus dem Tunnel zu kommen schien. Er warf sich, ohne lange zu überlegen, hinein und bekam, während er wie ein Dschungelkrieger zurückrobbte, jede Menge von dem Qualm ab, der jetzt mit ungeheurem Druck wie Granatfeuer um ihn aufspritzte. Es war, als sei er in einen Krieg hineingeraten. Donnernde Explosionen, pfeifende Kugeln, funkensprühende Schrapnelle, ein Knirschen und ein Bersten, Rauchschwaden. Er lief, mehr tot als lebendig, aus dem Tunnel hinaus und stand vor einem furchtbaren Anblick. Seine Reserven, sich zu wundern und zu erschrecken, waren jedoch erschöpft. Dieser Alptraum überstieg eindeutig sein Fassungsvermögen.

Wo gerade noch ein hell erleuchteter Ballsaal gewesen war, erstreckte sich jetzt bis zum Horizont nur noch eine schlammige Wüste, auf die ein grauer Aschenregen niederging. Entwurzelte Baumleichen, haushohe Vermurungen, Bilder der äußersten Verwüstung, eine Ahnung von der Auslöschung der Welt, mehr als ein Mensch ertragen konnte. Doch dann traf ihn ein noch fürchterlicherer Hieb: Wo war Viviane? Lag sie hier irgendwo in den Schlammmassen begraben? Was war mit ihr geschehen?

Er rannte los wie ein Sprinter vom Block, rutschte aus und fiel in den Dreck. Gleichzeitig zerriß wieder ein gellender Schrei die unheimliche Stille. Er arbeitete sich hoch und sah nun in der Ferne ein strahlendes Schloß, auf das am Rande eines Kraters eine winzige Gestalt zulief. Viviane! Sie lief offensichtlich um ihr Leben, denn auf ihre Fährte hatte sich eine Meute gesetzt. Eine Meute von – ja, was war das? Auf die Entfernung waren nur große, dunkle Flecken zu erkennen, die sich sehr schnell bewegten und unerbittlich aufholten. Viviane! Er sprintete erneut los, denn nun mußte er um seine Frau kämpfen, bevor sie eingeholt und zerrissen wurde. Hilfe!

Trotz aller Anstrengungen stand Robert Steiner bald wieder auf verlorenem Posten; außerdem war er kurz vor einem Nervenzusammenbruch. Wie sollte er die Geliebte retten, wenn er durch einen Abgrund von ihr getrennt war? Aus der brodelnden Tiefe stiegen giftgrüne, schwefelgelbe und orange Dämpfe und Rauchschwaden herauf. Ein wahrer Höllenschlund, aber er mußte da jetzt drüber, unbedingt!

Der einzige Übergang war, wie er jetzt sah, eine Art Schwertklinge, eine überdimensionale Schwertklinge, die sich von einem Ende des Kraters zum anderen spannte. Langsam begann er zu begreifen, denn diese Szenarien kannte er nur zu gut aus seinen Büchern und seinen Träumen. Der Held mußte allerhand Gefahren bestehen und blutrünstige Ungeheuer töten, bevor er die verwunschene Prinzessin, die Frau an sich – die Souveränität – gewinnen und für immer in die Arme schließen konnte. Die Schwertbrücke, die Lancelot überqueren mußte, um in die rätselhafte Stadt Gorre zu Guenièvre zu gelangen. Der Übergang in die Andere Welt.

Aber jetzt da über diesen scharfen, blitzenden Stahl balancieren? Auf jeden Fall, denn ein Blick zeigte Steiner, daß Viviane bald verloren war. Sie torkelte nur noch mechanisch vorwärts, und die Schatten kreisten sie schon ein, während der sichere Hort des Schlosses noch in furchtbarer Entfernung lag. Verdammt, brüllte er, Viviane, halt aus! Ich komme!

Nach wenigen Schritten wußte er, daß es nicht gutgehen konnte. Vom Rauch und den Dämpfen eingehüllt, war er gezwungen, sich blind auf dem schmalen Grat voranzutasten. Das Wissen, daß unter ihm kein Boden war, ja daß es womöglich Hunderte Meter in die Tiefe ging, ließ ihn von vornherein taumeln. Er ruderte mit den Armen, verlor nach wenigen Schritten das Gleichgewicht und rutschte ab. Im Fallen griff er im letzten Moment nach dem eiskalten Stahl, der tief in sein Fleisch schnitt. Der Schmerz in den Handflächen war schier unerträglich, an den Unterarmen lief ihm das Blut hinunter und klatschte ihm ins Gesicht. Aber er durfte dennoch nicht aufgeben. Viviane! Wie in Trance schob er die zerschnittenen Fleischklumpen immer weiter vor und hatte nicht die geringste Ahnung, welche

Strecke er noch vor sich hatte. Konnten zwei Meter sein, konnten aber auch zwei Kilometer sein. Verdammt, bei so einem Unternehmen konnte der Held auch umkommen! Vor Schmerz und Angst meinte er mehrmals, das Bewußtsein zu verlieren, aber er ließ nicht nach, bis er wieder festen Boden unter den Füßen hatte. Restlos erschöpft sank er in den Schlamm und wollte nur noch sterben. Diese Art von Abenteuer konnte ihm für immer gestohlen bleiben.

Als ihm wieder einfiel, warum er die Torturen überhaupt auf sich genommen hatte, hörte er plötzlich ein wildes Fauchen hinter sich. Er hob den Kopf, und da schoß wie ein Torpedo etwas Fürchterliches auf ihn zu. Durch eine Rolle rückwärts konnte er dem Anprall gerade noch entgehen, und während der Angreifer wendete, um einen neuen Ausfall zu starten, versuchte er sich verzweifelt ein Bild von dem Ding zu machen. Es handelte sich offensichtlich um eine Art Riesenbiber, dessen Leib mit Stahlplatten verstärkt war und der über ein grauenhaftes Raubtiergebiß aus Stahlspitzen verfügte. Zwischen den blutbefleckten Fängen steckte eine menschliche Hand. Steiner stieß einen markerschütternden Schrei aus und kehrte mit allerletzter Kraft auf die Schwertbrücke zurück. Schon raste der Riesenbiber, blind vor Wut, wieder heran, setzte zum Sprung an, flog über den geduckten Steiner hinweg und knallte mit dem Kopf auf den Stahl, daß er platzte und einen Schwall schwarzen, stinkenden Blutes freigab. Der Kadaver stürzte in die Tiefe. Vor Steiners Augen wurde es Nacht.

Als er die Augen aufschlug, fand sich Robert Steiner in einer grasbewachsenen Mulde, die von dichtem

Unterholz eingeschlossen war. Über ihm spannte sich eine lichtdurchflutete Kuppel aus Ästen und Blättern, an der der Wind rüttelte. Verdammt, sagte er, wo bin ich?

Er setzte sich auf wie in einem Bett, blickte zuerst verwirrt um sich und dann an sich selbst hinunter. Himmel, Herrgott, rief er aus, und wie schaue ich aus?

Wie ein Hippopotamus, das sich stundenlang im Schlamm gewälzt hatte. Von oben bis unten mit einer hart gewordenen Dreckschicht überzogen, eindeutig zum Fürchten. Und wie dieses urzeitliche Flußpferd fühlte er sich auch: von plumper, animalischer Kraft erfüllt, durch nichts zu erschüttern, gegen alle Widrigkeiten des Lebens durch eine zentimeterdicke Haut geschützt. Als sei er in den letzten Stunden gewachsen und gehörig in die Breite gegangen.

Während er mit Schwung aus der Bodenvertiefung herauskletterte, erinnerte er sich dumpf an irgendwelche Kämpfe, merkwürdige Ereignisse und starke Schmerzen. Außer einer kleinen Wunde auf dem Handrücken, die die Form eines Schlüssellochs hatte, konnte er aber keine Verletzungen entdecken. Die Erinnerung blitzte nur kurz auf und schaffte es nicht, aus der bleiernen Nebelwand in seinem Kopf herauszutreten. Eine dubiose Angelegenheit. Hatte er zuviel Kognak erwischt und war besinnungslos durch die Wälder getaumelt, bevor er hier endgültig den Geist aufgab? Er wußte nichts mehr. Aber was auch immer mit ihm geschehen war, jetzt fühlte er sich so groß und stark, daß er Bäume ausreißen und mit ihnen Mikado hätte spielen können. Er klopfte den ärgsten Dreck ab und machte sich gutgelaunt auf den Weg, denn nun wurde es Zeit, daß er wieder in die Zivilisation zurückkehrte und die Tierhaut ablegte.

Die Landschaft ringsum erschien ihm äußerst fremd und eigenartig. Er hätte nicht gedacht, daß es noch derart dichte Wälder gab. Gigantische Baumriesen, undurchdringliches Dickicht mit schirmartigen Farnen, armdicke, wie Kabel gedrehte Lianen, Wurzeln und Schlingpflanzen, hin und wieder ein vom Blitz gespaltener Stamm, ein heruntergebrannter Stumpf, auf den Lichtungen hüfthohes Seegras und nicht die geringste Spur einer menschlichen Aktivität. Keine Schotterstraßen oder Forstwege, nirgends eine Schranke oder eine Markierung, keine Strommasten oder Marterln, nicht ein Wochenendhaus oder eine land- und forstwirtschaftliche Nutzeinrichtung. Nur pure Natur von eindeutig übertriebener Intensität und Leuchtkraft, eine Pracht wie nach starken Regenfällen in der Wüste. Wo kam plötzlich all das komische Grünzeug her?

Nachdem er sich eine Weile durch diesen Urwald gekämpft hatte, ohne auf ein bekanntes topographisches Merkmal zu stoßen, wurde ihm doch etwas mulmig zumute. Während er nach markanten Bergrücken oder Felsnasen Ausschau hielt, rannte er in Spinnweben, die zwischen den Bäumen gespannt waren. Er war hellwach, und doch befand er sich in einer bizarren Traumwelt, in einem gigantischen Diorama, das eine längst untergegangene Epoche wieder auferstehen ließ. Wie war er da hineingeraten? Und vor allem: Wie sollte er ohne Kompaß oder anderes technisches Hilfsmittel jemals wieder raus- und nach Hallstatt zurückfinden? Wie diesem unheimlichen Dschungel entrinnen?

Auf keinen Fall, sagte er sich, durfte er jetzt die Nerven verlieren, denn irgendeine Erklärung mußte es für diese rätselhaften Veränderungen geben. Klimasturz? Künstlich angelegter Naturpark? Mutation durch Umweltgifte? Ein erfahrener Waldläufer, überlegte er, würde sich einfach an den sogenannten Kompaßpflanzen orientieren, der Wegwarte, dem wilden Lattich, dem Pfeilkraut, deren Blätterlängsachsen immer in Nord-Süd-Richtung zeigen. Aber er wußte ja nicht mal, wie die Dinger aussahen, und auch nicht, in welche Himmelsrichtung er gehörte. Also konnte er sich nur auf sein Glück verlassen, den plausibelsten Kurs einschlagen und ordentlich ausschreiten, damit er nach Hause kam, bevor es Nacht wurde. Alles andere, vor allem Amok zu laufen, war schlicht lächerlich.

So tapfer er unter den erschwerten Bedingungen auch marschierte, der Wald nahm kein Ende, wurde im Gegenteil immer unpassierbarer. Wie ein ausgewachsener, flügelschlagender Seeadler flog ihn nun doch die Angst an und krallte sich in seinen Eingeweiden fest. Verwunschene Wälder waren ja nicht gerade ein fixer Bestandteil des ausgehenden zwanzigsten Jahrhunderts; dennoch schien es kein Entkommen aus diesem menschenleeren, magischen Bezirk zu geben. Mehrmals meinte er Motorengeräusche oder Stimmen zu hören, aber es war nur der Wind, der in den Baumkronen spielte. Die einzigen Lebewesen, die er auf seiner Wanderung zu Gesicht bekam, waren Tiere, und was für welche? Einmal blickte ihn aus nächster Nähe eine weiße Hirschkuh aus ihren glasigen Augen an, dann schreckte ihn ein Donnern und Bersten auf. Er warf sich instinktiv zu Boden, und da preschte nur wenige Meter neben ihm ein riesiger, mit einem zotteligen Fell und blitzenden Hauern ausgestatteter Eber durch das Unterholz. Er zitterte wild.

Wahnsinn! Was wurde ihm da für ein Streich gespielt? War er, ohne es zu merken, in die Gefilde des Irrsinns abgedriftet? Litt er unter Halluzinationen? Würde sich alles als ordinäres Trugbild erweisen? Mußte er, wieder unter Menschen, sofort einen Psychiater aufsuchen?

Inzwischen hatte er jedes Gefühl für Raum und Zeit verloren, jede Empfindung von Hitze und Kälte. Den Durst stillte er an glasklaren Quellen, gegen den Hunger riß er Haselnüsse von den Stauden. Mehrmals mußte er vor Erschöpfung in traumlosen Schlaf gefallen sein, aber immer wieder lief er weiter wie ein geschocktes Haustier, das gewissenlose Menschen in der Fremde ausgesetzt hatten. Er hätte nicht sagen können, ob er seit Stunden oder bereits seit Wochen unterwegs war. Sein verwirrter Zustand wurde immer schlimmer, und er mußte sich sehr zusammennehmen, um sich nicht einfach unter einen Baum zu setzen und wie ein Kind zu bitzeln. Irgendwo mußte ja dieses elende Hallstatt liegen. Es konnte sich doch nicht in Luft aufgelöst haben.

Als er schließlich zwischen den Stämmen, die sich wie Palisaden hinzogen, etwas Helles aufblitzen sah, stieß er einen Freudenschrei aus. Der See! Endlich! Wenn er den Hallstätter See gefunden hatte, würde er bald in seinem Zimmer sein und sich von den Strapazen erholen. Dann hatte er in seiner geistigen Umnachtung zwar einen gehörigen Umweg gemacht, doch der Spuk war nun zu Ende. Erleichtert legte er die letzten fünfzig Meter aus dem Wald heraus im Laufschritt zurück und prallte direkt auf einen fürchterlichen Anblick, der ihn gellend aufschreien ließ. Der wahre Spuk fing gerade erst an.

Was er gesehen hatte, war nicht der Hallstätter See, es war ein breiter Fluß, der eine weite, pfefferminzgrüne Ebene durchschnitt, über der ein bestialischer Gestank und dichte Wolken von Insekten hingen. Das gesamte Gelände war mit Tausenden von Leichen übersät. Bei genauerem Hinsehen stellte er entsetzt fest, daß allen der Kopf fehlte, so daß nur noch Luft- und Speiseröhren, Muskel- und Nervenstränge aus den blutigen Hälsen herausstanden. Tausende kopflose Kadaver: ein geradezu surrealistisches Bild, dessen volles Ausmaß an Grauen überhaupt nicht zu begreifen war. Was die Geier und wilden Hunde übriggelassen hatten, wurde nun von Fliegengeschwadern und Ameisenheeren in Angriff genommen. Zwischen Steiners zitternden Beinen rollte ein Skarabäus seine Kugel hindurch. Die abgeschlachteten Soldaten hatten ihm einen ungeheuren Vorrat an Nahrung hinterlassen. Die Natur ließ nichts verkommen.

Robert Steiner starrte mit weit herausgetretenen Augen auf die Horrorszene, dann lief er wie von Sinnen davon. Am Bett eines kleinen, friedlichen Baches brach er zusammen, übergab sich, bis nur noch Galle hochkam, und schüttelte immer wieder wimmernd den verschmierten Kopf. Er konnte, was er gesehen hatte, nicht fassen. Es war zu viel. Als er mit leerem Blick auf die spiegelnde Wasseroberfläche starrte, wußte er auf einmal, wo er sich befand. Wie auf einem Bildschirm sah er die grauenhaftesten Szenen und hörte dazu eine Stimme, die wie ein Fernsehsprecher das Geschehen kommentierte.

Die Verteidigungsstellung lag sechzehn Kilometer vor Rom, dort, wo der kleine Fluß Allia in den Tiber springt. Noch war alles ruhig. Den Fluß entlang zogen sich wie ein kilometerlanger Paravent die Schlachtreihen, Schild an Schild, dahinter hieb- und stichbereit die Schwerter der verängstigten Soldaten, vierzigtausend Mann. Vor dem wolkenlosen Himmel hoben sich die Adler der römischen Feldzeichen ab. Auf einem Hügel waren die Reservetruppen und der Kommandostab postiert. Drei der sechs Militärtribunen gehörten dem Geschlecht der Fabier an. Sie hatten ihre Strategie festgelegt und blickten nun sorgenvoll zu den sich formierenden Barbaren hinüber, die sich das aufstrebende Rom durch unüberlegte Aktionen in Oberitalien zum Feind gemacht hatte. Jeden Moment konnten zwei extrem verschiedene Welten aufeinanderprallen.

Das keltische Heer unter dem Senonenführer Brennus machte auf die zivilisierten Römer einen schreckenerregenden Eindruck. Fast bereuten sie schon, daß sie, die bereits über ein aus zwölf Bronzetafeln bestehendes Recht verfügten, diplomatisch derart versagt hatten, daß sie nun zum Kampf gegen diese Wilden gezwungen waren, die plötzlich aus dem Dunkel der europäischen Frühgeschichte aufgetaucht waren, angeführt von einem starken Kriegeradel, ihre Sitze an der Donau und in den Alpen verließen, angetrieben von realer, von einem Klimasturz ausgelöster Not und einer gehörigen Portion Gier, weite Teile des Kontinents eroberten, mit nackter Gewalt in die mediterrane Welt einbrachen und sich nahmen, was sie wollten. Besonders abgesehen hatten sie es auf das äußerst fruchtbare und von berauschender Naturschönheit erfüllte Land der Etrusker in Oberitalien. Eine nicht unerhebliche Rolle spielte dabei die Gier der schweren Alkoholiker nach dem hervorragenden Wein, der in der Gegend wuchs. Die Etrusker, die sich auf dem Höhepunkt ihrer reichen Kultur befanden und eine verfeinerte Lebensweise praktizierten, gerieten arg in Bedrängnis. Zum Verhängnis wurde Rom sein ungeschicktes Engagement bei der Belagerung der Stadt Clusium. Von den verzweifelten Clusinern um Hilfe gebeten, entsandten sie drei Botschafter, die die Streitigkeiten, die sich in erster Linie um Acker- und Weideland drehten, schlichten sollten. Während der Verhandlungen tötete der Gesandte Quintus Fabius vom einflußreichen Geschlecht der Fabier jedoch einen Keltenführer. Die Belagerer forderten daraufhin die Auslieferung des gesamten Geschlechts. Der römische Senat kam dieser Forderung aber nicht nach, ja, er machte die Angehörigen des Mörders sogar noch zu Militärtribunen im Status von Konsuln. Für die hitzköpfigen Kelten, die sich gedemütigt, verhöhnt und herausgefordert fühlten, gab es nun kein Halten mehr. Sie rissen ihre Feldzeichen aus dem Boden und wälzten sich mit wilder Wut Rom entgegen, um es auszulöschen. Sechzehn Kilometer vor der Stadt stießen sie auf die Verteidiger, die sich eine einfache, aber schlagkräftige Strategie ausgedacht hatten. Während die tobsüchtigen Haufen gegen die geordneten Schlachtreihen anrannten, sollten sie von den am Hügel stationierten Reservetruppen eingeschlossen und vernichtet werden. Die tumben Kampfmaschinen würden die Falle erst bemerken, wenn es zu spät war. Trotz dieser Vorbereitung war die Nervosität der Römer groß.

Die Keltenkrieger sahen nämlich mehr als furchterregend aus. Einige trugen Bronzehelme und eiserne Brustpanzer, aber der Großteil ging in kultischer Nacktheit in die Schlacht. Sie waren groß und muskulös und hatten ihre langen, blonden Haare mit Gipswasser steil aufgerichtet, was ihr grimmiges Aussehen noch erheblich verstärkte. Jetzt stimmten sie wilde Schlachtgesänge an, ließen ihre Karnyx, die mißtönenden Kriegstrompeten, erschallen, schlugen die Schwerter rhythmisch gegen die Holzschilder mit den eisernen Schildbuckeln, entfesselten systematisch Wut und Kampfeslust und steigerten sich in einen wahren Blutrausch, in den sprichwörtlichen Furor, hinein. Auf hohen Stangen wehten ihre Banner mit den furchteinflößenden Ebern und Stieren. Herolde stießen wüste Schmähreden aus. Während schon die von Pferden gezogenen zweirädrigen Kampfwagen hin und her preschten, trat immer wieder wie in Trance ein nur mit Halsreif und Gürtel bekleideter Gesade vor die Schlachtreihen, um mit todesverachtenden Gebärden einen Gegner zum Zweikampf zu fordern. Der Tod und alles, was danach kam, galt ihnen ja als das Wunderbare, ihr einziger Wahlspruch lautete: Seid tapfer und ehret die Götter!

Den Römern wurde von Minute zu Minute gruseliger zumute. Dieser animalischen Raserei, die für die Barbaren unverständlicherweise den Dienst an den Göttern darstellte, hatten sie nur ihre Disziplin und Strategie entgegenzusetzen. Bald würde sich herausstellen, ob ihre Tugenden auch diesmal zum Tragen kamen.

Die Schlacht nahm jedoch einen ganz anderen Verlauf, als sie sich das vorgestellt hatten. Brennus durchschaute auf Anhieb das Einkesselungsstrategem und durchkreuzte es, indem er die Schlachtreihen links liegen ließ und sofort die Reserve auf dem Hügel angriff. Die völlig verdutzten Legionäre reagierten mit Panik und ließen sich ohne die leiseste Gegenwehr von den mit gellendem Kriegsgeschrei, gezogenen Schwertern und gefällten Spießen anrennenden Kelten wie Karnickel in die am Flußufer aufgestellten Legionen treiben, die wiederum, starr vor Schreck, zu keiner Aktion fähig waren. Nun bedrängten sich die Römer gegenseitig, und wer nicht erstochen oder erschlagen wurde, stürzte sich in wilder Verzweiflung in die ockerbraunen, schlammigen Fluten des Tiber, um sich ans andere Ufer zu retten. Dabei fanden viele den Ertrinkungstod. Der Rest an den Flanken, der mit dem Feind noch gar nicht in Berührung gekommen war, rannte wie verrückt nach Rom und flüchtete auf die Burg, ohne sich die Zeit zu nehmen, vorher noch die Stadttore zu schließen. Was sie erlebt hatten, traumatisierte das ganze Volk für Jahrhunderte. Daß es nicht gänzlich vernichtet wurde, war dem Umstand zu verdanken, daß die siegreichen Barbaren nicht sofort nachsetzten, weil sie zuvor noch ein anderes Geschäft verrichten mußten.

Wie es ihre Sitte war, verbrachten die Kelten die folgenden zwei Tage damit, den gefallenen Feinden die Köpfe abzuschneiden, um sie bei ihrer Heimkehr an die Türpfosten ihrer Hütten zu nageln. Die Häupter besonders vornehmer Gegner konservierten sie und bewahrten sie sorgfältig in hölzernen Kästen auf. Eine andere Verwertungsmöglichkeit war, die Gehirnmasse mit Gips zu Spielkugeln zu verarbeiten, während die zersägten Schädeldecken als Trinkschalen Verwendung fanden.

Nachdem diese magische Arbeit, die die Opfer an der Rückkehr aus dem Totenreich hindern und ihre Kraft für die Sieger nutzbar machen sollte, geleistet war, brachen sie am dritten Tag nach Rom auf, um ihr Zerstörungswerk zu vollenden. An den Pferden baumelten, mit Weidenruten befestigt, Sträuße abgeschlagener Köpfe. Vor den weit geöffneten Stadttoren zögerten die wilden Scharen jedoch, denn die überstürzt aufgegebene Stadt sah doch sehr nach einer Falle aus.

Als sie sich, die Schwerter und Speere gezückt, schließlich doch hineinwagten, empfing sie eine unheimliche Totenstille. Die Häuser sahen aus, als wären die Bewohner nur mal rasch weggegangen. In den Schmieden gloste noch die Esse. In den Bäkkereien hing noch der Duft nach frischem Brot. Bei den Gerbern waren noch fleischbesetzte Häute aufgespannt. Auf einem Stein glitzerte neben einem Hammer spanischer Goldstaub. In den Töpfereien stand noch Tonmasse auf den Drehscheiben. Die Geldwechsler hatten in der Eile ihre Münzen zusammengerafft, die Tische jedoch stehenlassen. In den schmalen Gassen waren keine ratternden Karren und spielenden Kinder zu sehen, keine Hirten und Herden, keine feilschenden Händler und klirrenden Soldaten. Die sonst so lauten Männer aus dem Norden waren nun ebenfalls mucksmäuschenstill und blickten sich immer wieder nach einem Hinterhalt um. Doch dann entdeckten sie etwas, das sie an einen Traum denken ließ.

In einem verlassenen Hof saßen da auf hohen Elfenbeinstühlen völlig regungslos und in großer Feierlichkeit bärtige Greise, die in weiße, wallende Gewänder gehüllt waren und Stäbe in den Händen hielten. Es handelte sich um die älteren Patrizier, die sich geweigert hatten, als unnütze Esser auf das Kapitol zu ziehen, und nun würdevoll und schweigend ihren Tod erwarteten. Die Kelten waren jedoch so überrascht, daß sie keinen Finger krümmten, und in stiller Andacht auf die ätherischen Erscheinungen blickten, die sie für Götter hielten. Erst als ein Beherzter den Patrizier Marcus Papirius am weißen Bart zupfte und der ihm seinen Stab auf den Kopf knallte, war der Bann gebrochen. Die Greise wurden niedergemacht, die Stadt geplündert und in Brand gesteckt. Nun griffen die Barbaren in alter Form das Kapitol an, doch das war nicht einzunehmen. Als sie es im Schutz der Nacht noch einmal versuchten, wurden sie von den heiligen Gänsen der Juno verraten. Sie richteten sich auf eine lange Belagerungszeit ein.

Robert Steiner saß an einen Baumstamm gelehnt und folgte seinen Gedanken, die aus trübem Schlamm auftauchten und dann wie Fische in klarem Wasser schwammen. Nun glaubte er das Rätsel, das ihn umgab, gelöst zu haben: Er hatte vor einer Ewigkeit, wie es schien, in Hallstatt mit einer gewissen Viviane eine Höhle betreten und unter dem Einfluß einer unbekannten Droge eine wirre mythische Reise durchgemacht. Indem er alle Prüfungen bestanden und den Graben überschritten hatte, war er in der Anderen Welt gelandet, die ständig existiert und verfügbar ist, weil sie nicht der linearen Zeit unterliegt. So unglaublich sich die Geschichte auch anhörte, es gab nichts daran zu rütteln. Alles wies darauf hin, daß er sich in einem mythischen Reich, in einem vorchristlichen, keltischen Europa befand.

Und was sollte er da? Auf jeden Fall mußte er jetzt in dieser außergewöhnlichen Situation bestehen und Viviane finden, die als einzige den Schlüssel zu dem Mysterium besaß, damit er wieder in sein früheres Leben zurückkehren konnte.

Er beschattete auf dem Hügel, auf dem er auf seiner weiteren Wanderung Rast gemacht hatte, die Augen und blickte in ein Tal hinunter. Auf dem freien Gelände, das mühsam dem Wald abgetrotzt worden sein mußte, stand ein Dorf, das aller Voraussicht nach keltisch war. Da würde er jetzt mit seiner Suche beginnen. Erregt und mit gemischten Gefühlen machte er sich auf den Weg in das Unbekannte.

Die aus entrindeten Baumstämmen errichteten Hütten waren mit Stroh gedeckt, und ringsherum lagen kleine Gärten, Äcker und eingezäunte Viehweiden. Von verschiedenen Stellen stiegen dünne Rauchsäulen auf. Auf den rechteckigen Feldern wogten die leuchtenden Ähren des Weizens und der Gerste, rauschten die Rispen und Kolben der Hirse, vom Gezirpe der Grillen übertönt. Die Rinder auf den saftigen Weiden waren merkwürdig klein, während die halbwilden Schweine größer zu sein schienen, als Steiner diese Tiere in Erinnerung hatte. Außerdem sah er noch Schafe und Ziegen, Graugänse und Zwerghühner. Im Schatten der mächtigen Eichen dösten zerlumpte Gestalten, die wohl die Hirten waren. Ein vierspänniges Ochsengespann wirbelte Staubwolken auf. Noch hatte den Fremden niemand entdeckt. Noch war alles ruhig und friedlich.

Doch je näher er dem Dorf kam, desto unheimlicher wurde Steiner zumute. Wie würde man ihn, den Grenzgänger, der aus einer fernen Zukunft kam, hier aufnehmen? Was würde man in ihm sehen? Und vor allem: Wie sollte er sich verständigen? Er blieb kurz stehen und wischte sich den Schweiß von der Stirn. Würde man ihn wie einen Hund davonjagen? Oder ihn gleich gefangennehmen und irgendeinem Gott opfern? Was wußte man nicht alles über die Blutrituale dieser archaischen Völker! Mit einem zeitlichen Abstand von zweitausend Jahren war es allerdings wesentlich einfacher gewesen, die geliebten Kelten zu bewundern. Am liebsten hätte er sich gleich wieder in die Wälder zurückgezogen. Aber wie sollte er in der Wildnis überleben, wenn er auf sich selbst gestellt war? Wie seinen Magen füllen, der jetzt schon, da Steiner ja nichts außer ein paar Haselnüssen gegessen hatte, nur noch ein gähnendes Loch war? Wie es aussah, gab es kein Entrinnen, war er, wie das Insekt im Bernstein, im Fremden eingeschlossen. Ob er nun wollte oder nicht, er mußte mit den Kelten Kontakt aufnehmen. Er hatte überhaupt keine andere Wahl.

Geduckt schlich er an das Dorf heran und spähte, hinter einem Holzstoß verborgen, ängstlich hinein. Gleich neben seinem Standort befand sich die Abfallgrube, die wohl auch als Abort diente; zumindest deutete die unangenehme Geruchsbelästigung, der er ausgesetzt war, darauf hin. Vorsichtshalber atmete er durch den Mund.

Was er sah, erschien ihm überraschenderweise auf Anhieb vertraut, als hätte er schon mal in einem solchen Dorf gewohnt. Es gab da Haupt- und Nebengebäude, Vorratshäuser und Stallungen, Drehmühlen mit Bodensteinen aus Porphyr und Basalt, Holzöfen zum Brotbacken, Vorratsgruben und Hausaltäre mit Opfersteinen, auf denen noch Blut klebte. Die kärglichen Hütten hatten keinerlei Inneneinrichtung, nur in den Ecken war Spreu zum Schlafen aufgeschüttet. Über den Feuerstellen hingen an Ketten metallene Kessel und gebrannte Tontöpfe, Werkzeuge und riesige geräucherte Schinken. Einen erschreckenden Anblick boten die starrenden Totenschädel, die an den Türpfosten befestigt waren. Aber als Kultgegenstände, denen man sogar Speisen darbrachte, gehörten sie nun mal dazu. Welcher Zeitreisende, der die Greuel der nachfolgenden Geschichte kannte, wollte sich schon an dieser religiösen Verehrung stoßen? Steiner tat es nicht. Seine Angst wich langsam einer tiefen Faszination.

Er konnte sich gut vorstellen, wie sich hier, außer bei Schlechtwetter und im Winter, das Leben im Freien abspielte. Wie da unter dem weiten Himmel die harte Arbeit geleistet wurde, die religiösen Zeremonien und Rituale vollzogen und neue Kriegszüge ausgeheckt wurden. Zwischen den Hütten tollten halbnackte Kinder mit wohlgenährten Hunden herum. Etwas merkwürdig erschien Steiner nur, daß an Erwachsenen nur alte Männer und Frauen zu sehen waren, kein einziger Krieger. In der lauen Luft lag jedoch eine gewisse Unruhe, als würde jemand erwartet oder etwas vorbereitet. Die Frauen, die ziemlich schmutzige Leinen- und Wollsachen und Holzschuhe trugen, liefen aufgeregt hin und her und schafften allerlei Speisen und Getränke zu einem Sammelplatz etwas außerhalb des Dorfes. Auf Bratspießen brutzelten ganze Schweine über den Feuern.

Steiner lief aus zweierlei Gründen das Wasser im Mund zusammen. Einerseits reizten ihn die goldbraunen Spanferkel, andererseits erregten ihn, trotz ihres schlampigen Äußeren, die Frauen. Diese gutgebauten, sich ungezwungen bewegenden Wesen werden doch nicht gerade zur Ehre seiner Ankunft ein Freudenfest ausgerichtet haben. Er kicherte still in sich hinein, doch dann loderten plötzlich wie eine pechgetränkte Fackel Erinnerungen, Sehnsüchte und Leidenschaften in ihm auf.

Diese robusten Frauen hier waren Bäuerinnen, aber ihm hatte eine wunderschöne Königin ewige Liebe geschworen! Erst jetzt sah er wieder vor sich, wie Viviane und er engumschlungen in dem grandiosen Ballsaal gestanden waren, und seine Gefühle waren wieder so stark, daß er wie eine Eierschale zu zerplatzen glaubte. Das war seine Bestimmung: die Liebe zu Viviane, das ewige Glück! Wie hatte er das vergessen können? Wenn sich diese wunderbare Frau derart mühelos durch den unendlichen und zeitlosen Raum bewegte, konnte sie nur eine Göttin sein, und keltische Göttinnen waren dafür bekannt, daß sie die jungen Männer in die Liebeskunst und das Kriegshandwerk initiierten. O Gott, o Gott! Für diese Frau würde er alles aufgeben, was einmal sein Leben im zwanzigsten Jahrhundert ausgemacht hatte, und ihr überallhin folgen. Doch hatte sie ihm nicht auch irgendeine Aufgabe gestellt? Sollte er nicht irgendwen erretten? Das keltische Volk? Wie er das bewerkstelligen sollte, konnte er sich zwar im Moment nicht vorstellen, aber dennoch gab es jetzt kein Halten mehr. Wo residiert die Königin Viviane, die mir in zweierlei Gestalt erschienen ist? wird er gleich brüllen. Meine geliebte Viviane…

Er wollte gerade in das Dorf stürmen, als mit gellendem Freudengeschrei eine wilde Reiterhorde heransprengte. An den Pferden hingen Sträuße abgeschlagener Köpfe, die Packtiere waren mit Unmengen von Beutestücken und Schätzen beladen, daß es nur so funkelte und strahlte. Steiner verlor sich in dem Anblick von Goldstratern und Silber- und Bronzemünzen, Waffen, Rüstungen und Zaumzeugen, Juwelen und Kultgegenständen, reich ornamentierten Gefäßen und wunderschön bestickten und durchwirkten Gewändern. Sklaven wurden keine mitgeführt, denn die hatten die Reiter offensichtlich bereits in Wein umgetauscht, der in Amphoren transportiert wurde. Erst nach einer Weile fiel Steiner ein, daß die Heimkehr der siegreichen Krieger unter Umständen seine Situation erheblich komplizieren würde. Er zog sich wieder in sein Versteck zurück und wünschte sich dringend eine Falstaff-Zigarre.

Falstaff-Zigarren gab es nicht, aber sonst war alles da, was zu einer rauschenden Siegesfeier unter freiem Himmel gehört. Gegrillte Leckerbissen und ein reichhaltiges Getränkelager, gutes Wetter und die beste Stimmung. Die Nacht war von zahlreichen Feuerstellen hell erleuchtet und mit wüstem Stimmengewirr erfüllt. Robert Steiner, der sich noch immer nicht aus seiner Deckung herausgewagt hatte, beobachtete das Geschehen aus sicherer Entfernung.

Die schweren Jungs, die so vortrefflich zu kämpfen verstanden hatten, daß sie aus all den Gefechten ohne einen Kratzer hervorgegangen waren, verstanden nun auch hervorragend ihren Sieg zu feiern. Aus gegebenem Anlaß hatten die meisten sogar ihre zweite Haut aus Lumpen und monatealtem Dreck abgelegt, sich frisch rasiert und in Schale geworfen. Sie waren kaum mehr wiederzuerkennen. Die Sitzordnung korrespondierte mit der Tapferkeit der Krieger; den Tapfersten gebührten die besten Rückenstücke der Schweine. An prominenter Stelle waren auch der Druide, ein feiner Herr in schneeweißer Robe, und der Barde mit seiner Harfe plaziert. Als Vertreter des sakralen Bereichs verfügten sie über genügend weltliche Macht, um gleich neben den Kriegsherren zu sitzen.

Die Tischsitten der Feiernden waren aber, wie Steiner belustigt feststellte, dennoch nicht die besten. Sie fraßen mit den Fingern halbe Schweine, warfen mit den Knochen herum und füllten sich hemmungslos mit Corma, dem nach Kümmel schmeckenden Bier, Hydromel, dem keltischen Met, und den vorzüglichsten Weinen ab, die unter vielerlei Entbehrungen zu erbeuten gewesen waren. Dabei verfing sich einiges in den wuchtigen Schnauzbärten, die ihnen beim Trinken als Seiher dienten. Ohne Unterlaß wurden die mit Pech versiegelten Steinkugeln von den beinahe mannshohen Amphoren geschlagen, die wie Bodenvasen oder Unterwassertorpedos aussahen, und die Trinkhörner und Schalen gefüllt. Es war erheiternd und erschrekkend zugleich, was sich dieser Menschenschlag hinter die Binde zu gießen imstande war. Dabei brüllten sie herum, sprangen immer wieder von ihren Wolfs- und Hundefellen auf und führten schaurige Drohgebärden gegeneinander aus. Der tapfere Krieger hat nun mal eine Menge zu erzählen, wenn er aus der Fremde kommt.

Steiner, der mit großer Gier einen am Buffet erbeuteten Schweinshaxen verschlang, fühlte sich wie der Beobachter eines Punkerkonvents der ersten Stunde. Er konnte sich, obschon er ja kaum ein Wort verstand, gut vorstellen, worum es bei den Prahlereien ging. Wer die meisten Römer abgemurkst hat. Wer am geilsten und ausdauerndsten vergewaltigt hat. Wer am fleißigsten geplündert und gebrandschatzt hat. Jedes Wort ein Schwerthieb. Jeder Satz ein Leichenberg. Notfalls mußten die eigenen Heldentaten mit der Waffe in der Hand gegen den hämisch grinsenden Kameraden verteidigt werden. Diese Kriegergesellschaften kannte Steiner aus seinen Büchern: Zuerst kommt die Ehre, dann die Waffe, drittens das Pferd, schließlich der Kamerad und irgendwann ganz zum Schluß mal die eigene Frau. Er hätte die Reihenfolge für sich lieber umgedreht.

Nachdem er sich im Schatten einer Hütte satt gegessen hatte, linste er immer wieder verstohlen zu den Frauen hinüber, die sich etwas abseits ebenfalls ganz gut zu amüsieren schienen. Allem Anschein nach hatten auch sie keine Mühe gescheut, um an diesem Freudentag einen netten Eindruck zu machen.

Die modebewußte Keltenbraut zeigte mit bescheidenem Stolz, was sie hatte. Sie trug eine grellgefärbte Tunika oder eine elegant geschnittene Pelerine und hin und wieder sogar feine Lederschuhe. Ihr zum Mittelscheitel frisiertes Haar leuchtete wie Rabengefieder oder Raps und gab einen schönen Kontrast zu den blitzenden Schmuckstücken ab. Sie trug, je nach ihrem Status, Hals- und Fußreifen aus Silber, Bronze oder Gold, Arm- und Ohrringe aus Lignit oder Glasarmreifen in den Farben Purpur, Goldgelb, Hellgrün oder Violettblau, Eberhauer und Bärenzähne, sogar aus Mineralien gefertigte kleine rosa Penisse. Alles zusammen ergab im Schein der

Feuer ein prächtiges Farbenspiel. Die Textilien wurden mit filigranen Fibeln zusammengehalten, die mit fein gearbeiteten Monstern, Fabelwesen, Tierleibern oder Bestien besetzt waren. Diese magischen Talismane sollten entweder Glück bringen oder böse Geister abwehren und bannen. Schön anzusehen waren sie nicht unbedingt.

Trotzdem hätte Steiner auch gern so ein Ding gehabt, am liebsten einen Liebeszauber, der ihm Viviane herbeigeschafft hätte. Wahllos herumzubumsen war für ihn, obwohl sich in diesem rauschhaften, sexualfreundlichen Klima vielleicht eine Möglichkeit auftun hätte lassen, ja nicht mehr möglich. Hatte man erst mal die Richtige gefunden, war einem ja alles andere nichts mehr. Da kannte man nur noch ein Ziel. Da nahm man vieles in Kauf, um dorthin zu gelangen.

Er seufzte und wischte sich mit einem Grasbüschel das Fett aus dem Gesicht. In seiner Nähe hatte ein Krieger, der zu einer Pinkelpause ausgetreten war, ein halbvolles Trinkhorn in den Boden gerammt und vergessen. Steiner nahm einen kräftigen Schluck. Obwohl nun seine grundlegendsten Bedürfnisse befriedigt waren und man ihn unbehelligt ließ, ja ihn nicht mal beachtete, so als sei er ein unsichtbarer Geist, war er keineswegs glücklich. Angesichts dieser ekstatischen Menschen, die, wie Embryos im Mutterbauch, in ihrer Gemeinschaft aufgehoben waren, wurde ihm seine Fremdheit erst richtig bewußt. Er war der Mutant, der in eine funktionierende, von den Göttern gefügte Ordnung eingebrochen war. Während jene in ihrem Sonntagsstaat glänzten und nichts falsch machen konnten, war er der dreckverkrustete Anachronismus, der nichts als sein hochgezüchtetes Hirn besaß, und das war wiederum nicht für diese Welt eingerichtet. Am meisten machte ihm zu schaffen, daß er nicht mal eine Zahnbürste bei sich hatte. Keine Zahnbürste zu besitzen und aus dem Maul zu stinken wie ein magenkrankes Rhinozeros erschien ihm als das Fürchterlichste, das einem Menschen passieren konnte. Gevierteilt werden, ja, den Kopf verlieren, auch gut, aber nicht das! Inzwischen brannte seine Mundhöhle, daß er sich nicht gewundert hätte, Flammen herausschlagen zu sehen. Der Gestank hätte mit Leichtigkeit ein kleines Tier töten können. Von Zeit zu Zeit bekam sein Zahnfleisch einen elektrischen Schlag, als hätte er einen Zitterrochen geküßt. Und wie sollte er mit diesem abscheulichen Handikap jemals Viviane gegenübertreten, ohne für immer das Gesicht zu verlieren? Was würde dieses duftende, zauberhafte Wesen von so einem Stinker halten? Er drohte schon in ernsthafte Depressionen zu verfallen, als seine Aufmerksamkeit auf das Partygelände gelenkt wurde, wo ein Tumult ausgebrochen war.

Offensichtlich hatte irgendein Krieger irgendwas gesagt, was einem anderen Krieger nicht gepaßt hatte, und nun war die schönste Massenschlägerei im Gange. Die besoffenen Recken schlugen wahllos aufeinander ein, wälzten sich auf dem Boden und durch die Feuer, stießen grauenvolle Verwünschungen aus und machten einen Mordsradau. Schon floß Blut aus Nasen und Platzwunden, wurden Dolche und Schwerter gezückt. Das war nun kein Theater mehr, das war bitterer Ernst, der noch zum Brudermord führen würde. Gräßlich.

Steiner wandte sich entsetzt ab. Er war doch nicht

hier, um diese hitzköpfigen Idioten sich gegenseitig abschlachten zu sehen. Er wollte schon auf und davon gehen, um das Gemetzel nicht mit ansehen zu müssen, doch bevor es wirklich gefährlich werden konnte, hob der Druide seinen Friedensstab, und es kehrte augenblicklich Ruhe ein. Die Kämpfer trollten sich murrend auf ihre Plätze zurück und lauschten einträchtig dem blaugekleideten Barden, der nun mit seiner Show begann. Steiner atmete erleichtert auf. So was nenne ich Disziplin, dachte er begeistert, so was nenne ich Ehrfurcht vor der Macht des Geistes. Die wüstesten Radaubrüder verwandelten sich in die friedlichsten Lämmer, sobald ihr geistliches Oberhaupt das Zeichen dazu gab. Das hatte Klasse! Dazu gehörte eine Willensstärke! Und der Barde fing nun auch gleich an, diese Tugenden mit Harfenbegleitung zu besingen.

Steiner trat etwas näher und spitzte die grindigen Ohren, um nichts von der großartigen Darbietung zu verpassen. Die fremden Klänge berührten ihn seltsam, und er wußte instinktiv, wovon die dramatisch rezitierten Verse handelten. Von der Größe und Unbesiegbarkeit des keltischen Volkes. Von der Weisheit und Tapferkeit seiner Führer. Von den glanzvollen Siegen. Den Höhepunkt des Programms stellte ein Vorfall der jüngsten Vergangenheit dar, der die haushohe Überlegenheit der begnadeten Kelten über die doofen Römer demonstrieren sollte. Steiner kannte die Geschichte.

Nachdem die Kelten unter dem Senonenführer Brennus 387 BC die Römer vernichtend an der Allia geschlagen und sieben Monate das Kapitol belagert hatten, boten sie ihren Abzug unter der Bedingung an, daß die Römer tausend Pfund Gold als Lösegeld löhnten. Diese unverschämte Summe war nur unter äußersten Schwierigkeiten aufzubringen. Als sie schließlich doch bereitlag und abgewogen werden sollte, behaupteten die Römer, die Kelten würden mit falschen Gewichten arbeiten. Nun hatte Brennus Gelegenheit zu seinem großen Auftritt, der später in keinem Geschichtsbuch fehlen sollte. Er warf sein Schwert in die gefüllte Waagschale und sagte cool: Vae victis, wehe den Besiegten! Der Triumph der Sieger über die dermaßen gedemütigten Verlierer war ein totaler. Freilich konnten die Senonen nicht wissen, daß ihr Stamm hundert Jahre später am selben Ort ausgerottet werden sollte, und daß das den Auftakt zu einem breitangelegten Genozid darstellen würde. Sie lachten sich krumm über den Gag ihres Häuptlings und wandten sich wieder voll Eifer den hochgeistigen Getränken zu.

Steiners Depressionen waren nun endgültig wie weggewischt. Obwohl er wußte, was diesen wunderbaren Menschen noch bevorstand, schwelgte er mit ihnen in Euphorie. Es ging ja im Leben immer nur um den Augenblick, und seine Fähigkeit war es offensichtlich, sich die interessantesten Augenblicke vom Rad der Zeit zu pflücken. Es galt, einen großen Sieg zu feiern, und so wollte er nicht länger am Rande stehen, sondern sich zeigen und seinen Beitrag zur Unterhaltung liefern. Es mußte aber etwas sein, das Viviane berechtigt hätte, auf ihn stolz zu sein, denn möglicherweise stand er ja schon die ganze Zeit unter Beobachtung. Er grübelte heftig, und plötzlich kam ihm eine glänzende Idee.

Als der Barde eine Pause machte, drängte er resolut durch die Menge und nahm dessen Platz ein. Obwohl ihm die Knie zitterten, blickte er unerschrocken in die vom Suff geröteten Gesichter, die im Schein der Feuer grimmig anzusehen waren, hob beschwörend die Hände, um Ruhe zu erzwingen, schnappte sich ein Trinkhorn und hielt es wie ein Mikrophon, und dann legte er los. Er sang mit tief bewegter Stimme *Love me tender* von Elvis Presley, legte alles hinein, was an Sehnsucht und Begehren nach Viviane in ihm brannte, und bewegte sich wie ein verliebtes Raubtier. Sein überraschtes Publikum beobachtete ihn mit versteinerten Mienen und machte keinen Mucks. Keinen Sinn für Rock 'n' Roll, diese Barbaren! Doch als er mit einer theatralischen Verbeugung geendet hatte und ängstlich aufblickte, brachen sie in wildes Grölen und Begeisterungsstürme aus. Dieser Fremde, wer auch immer er sein mag, schienen sie zu sagen, hat eine Menge zu bieten. Und es störte auch nicht, daß er mehr dem Elvis aus Las Vegas als dem jungen Rebellen aus Memphis, Tennessee, glich.

Robert Steiner grinste glücklich, warf die klatschnassen Haare aus der Stirn und gab als Zugabe *Rock around the clock* von Bill Haley. Nun herrschte eine Stimmung wie in der Hollywood Bowl. Die verwegenen Gestalten stampften im Takt, grölten und juchzten, rissen die Schwerter aus den Scheiden und gaben Salut, während ihre Frauen den schwitzenden Entertainer mit feurigen Blicken verschlangen. Steiner schwebte im siebten Himmel. Wer hätte das jemals für möglich gehalten? Der kleine fette Lehrer aus Wien-Ottakring hatte sich zum keltischen Volkshelden aufgeschwungen. Schade nur, daß Viviane seinen Triumph nicht miterleben konnte. Ein Jammer, daß es noch keine Medien gab, die das Ereignis aufzeichnen hätten können. Er warf seinen Fans Kußhände zu und sagte immer wieder mit Tränen in den Augen: Ich danke euch, meine Freunde! *Thank you. Thank you. Thank you.*

Jetzt griffen unzählige Hände nach ihm, zupften an ihm herum, klopften ihm auf die Schultern, reichten ihm gefüllte Gefäße, hoben ihn auf und trugen ihn in einer ausgelassenen Prozession über den Platz. Die Tränen liefen nun ungeniert über sein heißes Gesicht, während er lauthals lachte. Das war seine Nacht, die beste, die er jemals erlebt hatte. Doch nicht mal im Augenblick der größten Genugtuung verlor er eine Sekunde lang sein eigentliches Ziel aus den Augen. Denn was war schon ein gelungener Auftritt gegen die ewige Liebe der schönsten Frau aller Zeiten?

Nachdem sich die Begeisterung gelegt hatte und die Krieger wieder schwer am Zechen waren, suchte er die Nähe des Druiden, der die Haare bis zum Scheitelbein ausrasiert hatte. Wider Erwarten gelang es ihnen sogar, sich in einem Kauderwelsch aus keltischen Brocken, etwas Latein und Altgriechisch zu verständigen. Steiner stellte die entscheidenden Fragen.

Die Ausschweifungen hatten sich bis in die frühen Morgenstunden hingezogen, bis nach und nach alle Teilnehmer an dem Gelage vorübergehend den Geist aufgegeben hatten und einfach umgefallen waren. Jetzt lagen sie auf dem vom Tau benetzten und in Nebel gehüllten Gelände verstreut und schnarchten wie Elefantenbabys. Sobald der ärgste Rausch ausgeschlafen war, würden sie, soviel stand fest, gleich wieder zur Schale und zum Trinkhorn greifen, um erneut in Ekstase und Vollrausch die

Beschränkungen der irdischen Welt hinter sich zu lassen und Verbindung mit den Göttern aufzunehmen, die ihnen so wohlgesonnen gewesen waren. Es gab nun mal Tage des Kampfes, und es gab Tage des Feierns. Beides machte etwa gleich viel Spaß, beides war Dienst an den oberen Bossen, und jetzt wurde ausgiebig jubiliert, bevor man wieder zu neuen Heldentaten schritt.

Ist doch ein gutes Leben, dachte Robert Steiner, ist ja nichts dagegen einzuwenden.

Er hatte einige Stunden erquickenden Schlaf in einem Speicher gefunden und fühlte sich nun wie neugeboren. Vergessen die kleinliche Verzweiflung wegen der fehlenden Möglichkeiten zur Körperpflege. Er hatte die einmalige Gelegenheit, eine untergegangene Epoche aus nächster Nähe mitzuerleben; was sollte er sich da den Kopf zerbrechen, warum man ihm kein Deodorant mitgegeben hatte? Lächerlich.

Er schiß gutgelaunt in die Abfallgrube, wusch sich bei einem Bach und kaute taufrische Blätter, was fast so effizient wie Zähneputzen war. Viviane konnte stolz auf ihn sein. Beim Gedanken an seine Geliebte legte er ein paar Tanzschritte hin und summte zärtlich *Love me tender*. Wenn alles gutging, würde er bald der größte Glückspilz der Prähistorie sein, ja was, der glücklichste Mensch der Geschichte, seit man Adam und Eva aus dem Paradies vertrieben hatte. Er riß seine imaginäre E-Gitarre hoch.

Um niemand zu wecken, schlich er dann auf Zehenspitzen zwischen den sägenden Freunden hindurch. Auch sie hatten offensichtlich größtenteils das Liebesglück gefunden, doch anders als er. Hier lagen Männer Männern in den Armen, oft gleich drei oder vier zusammengedrängt und engumschlungen. Typische Kriegergesellschaften. Die kannten keinen Genierer, wenn es darum ging, der wahren Männerfreundschaft zu frönen.

Steiner blickte noch einmal zurück und sagte pathetisch: Auf Wiedersehen, meine teuren Kameraden, die ihr als erste meine Qualitäten erkannt habt! Alles Glück dieser rauhen Erde für eure schwere Zukunft, Jungs! Dann marschierte er festen Schritts auf den Wald zu, der im Nebel vor ihm lag wie die Dauerwellen einer gigantischen alten Dame. Wenig später ging wie ein goldener Fesselballon die Sonne auf. Das Abenteuer konnte mit ihm weitermachen.

Der Druide Albiorix hatte anscheinend begriffen, worum es dem merkwürdigen Fremden ging. Nachdem er geduldig Steiners Gestammel angehört hatte, identifizierte er Viviane sofort mit der skythischen Jagdgöttin Diana, der griechischen Artemis, der babylonischen Ischtar, der walisischen Morrigane, der gallischen Epona, der ägyptischen Isis, also mit der großen Muttergöttin. Zu finden sei Ihre Heiligkeit am ehesten im Drumeton.

Steiner hatte erregt aufgehorcht. Im Drumeton, natürlich! Wo sonst sollte eine Göttin zu finden sein, wenn nicht in einem dieser sagenumwobenen Heiligen Haine in den tiefsten Wäldern? Doch wie sollte er dorthin gelangen?

Albiorix hatte die buschigen Augenbrauen hochgezogen und irgend etwas von einem langen, beschwerlichen Weg gesagt, den nur findet, wer reinen Herzens sei. Der beste Ort, die Spur aufzunehmen, sei der Cromlech, der sich gleich hier in der Gegend befinde. Mehr gebe es dazu nicht zu sagen.

Steiner hatte sich überschwenglich bedankt. Gern hätte er dem freundlichen Priester ein Geschenk gemacht, aber er besaß ja nichts als sein Hirn und sein großes Herz – weiß wie ein frisches Laken war es hoffentlich.

Während er sich nun auf der Suche nach dem Cromlech durch den Urwald schlug, war er in großer feierlicher Stimmung und fest entschlossen, die an ihn gestellten Aufgaben zu meistern. Das Ganze hatte ja inzwischen wahrhaft außergewöhnliche Dimensionen angenommen. Der kleine Lehrer war nun nicht mehr nur hinter einem dubiosen Liebesabenteuer her, sondern auf der Spur der großen Göttin persönlich. Nicht zu fassen! Warum ausgerechnet er? Wie kam er zu der Ehre? Wer zog da die Fäden im Hintergrund? Egal. Er mußte einfach nur einen Schritt nach dem anderen tun, Teilchen an Teilchen fügen und mit Ausdauer und äußerster Präzision sein Ziel verfolgen. Sein Ziel? Wo sollte ihn die Reise überhaupt hinführen? Zu Viviane, natürlich, aber möglicherweise sogar zu sich selbst. Anima und Animus. Das wäre ja immerhin…

Über diesen Gedanken war plötzlich eine Lichtung vor ihm aufgetaucht, auf der sich der Cromlech befand. Er erkannte darin einen dieser beeindruckenden megalithischen Steinkreise, über deren Bedeutung und Funktion sich noch die Wissenschaftler des zwanzigsten Jahrhunderts stritten. Dienten die unter großen Mühen errichteten Anlagen als Sonnen- und Totenkultstätten, als Sternwarten oder Treffpunkte für Astronauten anderer Planeten, als Richtstätten oder Marktplätze? Man weiß es nicht, aber vielleicht konnte ja nun Robert Steiner das Rätsel lösen.

Vielleicht kann ich nebenbei auch gleich das Rätsel dieser beeindruckenden Steinkreise lösen, dachte er, als er in das Zentrum trat und überlegte, wie er hier wohl am besten den Weg zum fernen Drumeton ausfindig machen konnte. Den Andeutungen des Druiden zufolge wurde von ihm eine Art religiöser Reinigung erwartet, bevor ihm die Lage des Heiligen Hains offenbart würde. Ein Initiationsritus, mystischer Hokuspokus eben. Er wollte aber keine wie auch immer geartete Vision erleben, er wollte die aus Fleisch und Blut bestehende Inkarnation der Großen Göttin aufstöbern, um mit ihr glücklich zu werden. Da aber alle Erscheinungen ohnehin im Geist des Menschen stattfinden, durfte der mentale Prozeß nicht unterschätzt oder gar vernachlässigt werden. So beschloß er, sich an diesem starken Platz niederzulassen und zu meditieren, bis ihm Koordinaten geflüstert wurden oder sonstwas passierte. Er setzte sich im Türkensitz in den Schatten eines riesigen Menhirs, der wie eine vermummte Gestalt gehauen war, und versenkte sich in sein blütenweißes Herz.

Er wußte nicht, wie lange er schon so gesessen war, als tatsächlich etwas geschah. Von einer Sekunde auf die andere verdüsterte sich der Himmel, kam ein heftiger Sturm auf, der wie ein Monstrum durch den Wald ächzte. Und nachdem ein grell gezackter Blitz die tiefhängenden, pechschwarz wallenden Wolken zerrissen hatte, knallte wie Speerspitzen der Regen herunter. Steiner, der, zu Tode erschrocken, aus seiner Trance erwacht war, fand sich in einem wahren Inferno wieder.

Obwohl es noch nicht mal Mittag sein konnte, umgab ihn finstere Nacht, in der der Donnergott

Taranis ein Höllenspektakel veranstaltete. In ununterbrochener Folge schlugen wie Mörser die Blitze ein, der ungeheure Knall folgte jeweils auf dem Fuß. Die Bäume knatterten und bogen sich, als wollten sie davonfliegen, und der Boden war in kürzester Zeit so aufgeweicht, daß Steiner im Morast zu versinken fürchtete.

Er sprang schreiend auf und klammerte sich an den klatschnassen Menhir. Wo sollte er hin? Wie sich vor diesen entfesselten Naturgewalten schützen? Er sah sich schon von einem Blitz zerschmettert im Dreck liegen, als ihm der Gedanke kam, dieses irrwitzige Schauspiel könnte Teil seiner Initiation sein. Verdammt, er wollte jetzt aber mit diesem ganzen Scheißdreck nichts mehr zu tun haben! Er wollte nur noch überleben und aus diesem vertrottelten Alptraum erwachen. Die sollten sich gefälligst einen anderen Blöden für ihre Späße suchen! Während er, halb wahnsinnig vor Angst, immer wieder den Kopf gegen den glitschigen Stein schlug, wimmerte er wie ein Kleinkind.

Über sein zerschrammtes Gesicht liefen Regentropfen, Tränen und Blut. Seine Fingernägel kratzten, als hätten sie sich selbständig gemacht, an dem Dolerit, bis auch von ihnen der rote Saft tropfte. Er glaubte, vor Grauen und Anspannung jeden Moment zu zerspringen, doch dann hörte er plötzlich ein Geräusch hinter sich, als würde eine schwere Tür aufgemacht. Er fuhr herum, ließ seinen Blick wie aufgescheuchte Fliegen herumschwirren und sah durch den dichten Regenschleier, daß sich bei einem der Steine tatsächlich eine Tür geöffnet hatte, durch die ein grünlicher Lichtschein fiel. Unglaublich! Er stieß einen spitzen Schrei der Erleichterung aus und kämpfte sich durch den knöchelhohen Morast auf die schmale Öffnung zu. Nichts, was ihn dort erwartete, konnte schlimmer sein als dieses tödliche Unwetter in der Wildnis. Er kämpfte um sein Leben.

Robert Steiner war bekannt, daß die irdische Welt für die Kelten nur einen Nebenschauplatz darstellte, der von einem unsichtbaren Zentrum aus gesteuert wurde. Diese absolute Realität lag hinter der Welt, wurde von Göttern, Halbgöttern und Helden bevölkert und besaß vielerlei Namen. Er hatte aber immer mit den Mythologen und Religionswissenschaftlern angenommen, daß es sich dabei um eine philosophische, rein abstrakte Konstruktion handelte, und so war er jetzt nicht gering erstaunt, daß auch die Welt hinter der Anderen Welt wörtlich zu nehmen war.

Nach der Steintür führte eine grobgehauene Treppe in das Erdinnere, das ganz in grünes Licht getaucht war, obwohl nirgends eine Lichtquelle auszumachen war. Als Steiner mit einer Mischung aus Neugier und Bangen die Stufen hinabstieg, drehte sich ihm alles im Kopf. Es war einfach zu phantastisch: Er hatte nicht nur eine Zeitspanne von mehr als zweitausend Jahren überwunden, nein, er drang nun auch noch in einen metaphysischen Bereich ein, den es eigentlich gar nicht geben konnte, außer vielleicht in einem Hirn. Ja, er hatte von den Sidhs, den unterirdischen Feenhügeln, gelesen, daß er nun aber selbst in einem dieser sagenumwobenen Reiche unter der Erde landen sollte, war nicht leicht zu verdauen. Vollkommen surreal wurde es, als er sah, wohin ihn die Flucht vor dem Gewitter tatsächlich geführt hatte. Irgendwer erlaubte sich da einen gewaltigen Joke mit ihm. Oder was war das sonst?

Der Sidh glich aufs Haar einer modernen U-Bahn-Station. Von einer großen Halle, die unter der grünen Beleuchtung wie ein Aquarium wirkte, führten in mehrere Etagen Stollen in alle Himmelsrichtungen, und es herrschte ein Gedränge wie zur Rushhour in New York. Steiner konnte sich ein Schmunzeln nicht verkneifen. Waren die prähistorischen Cromlechs, Menhire, Dolmen, Hünengräber und Megalithen also die irdischen Kennzeichnungen der göttlichen U-Bahn-Stationen? Zu witzig! Wirklich außerordentlich spaßig. Doch das Rätsel war nun gelöst.

Er lehnte sich an eine Säule aus feingeschliffenem Basalt und nahm die Fahrgäste genauer in Augenschein. Auf den Bahnsteigen drängten sich Zwerge und Riesen, wunderschöne Feen und abgrundtief häßliche Hexen, feurige Helden und schaurige Tiermenschen, als wäre er mit einer Geisterbahn in das kollektive Unterbewußtsein eingefahren. Es sah aus, als würde das gesamte Personal der keltischen Mythologie und ihres Pantheons einen Ausflug machen oder verreisen. Wahrscheinlich sah es nicht nur so aus, denn schließlich war in der Anderen Welt der Tod abgeschafft. Hatte ein Gott oder ein Halbgott seine Zeit im Paradies herumgebracht, wechselte er einfach in eine noch fernere Andere Welt über, bis in alle Ewigkeit, denn da alles unvollendet war, war ja auch alles unendlich. Daß er für den Transfer die U-Bahn benutzte, war allerdings ein starkes Stück.

Steiner amüsierte sich wie im Kino bei den Monty

Pythons, doch dann fiel ihm ein, daß er ja nicht zum Vergnügen hier war. Wie die Kollegen von der Ewigkeitsfraktion befand sich auch er auf einer Reise, wenn auch nur zu einem irdischen Drumeton. Oder steckte Viviane gar hier irgendwo in der Menge? Nein, sicher nicht, das wäre zu einfach gewesen. Und wie sollte er dann den richtigen Bahnsteig finden? Wen sollte er danach fragen? Er hatte ja den dringenden Verdacht, daß es sich bei seinen Reisegefährten um bloße Erscheinungen handelte, die sich in Luft auflösten, sobald er sich ihnen näherte. Er wollte schon wieder den Mut verlieren, als ihn ein leises sirrendes Geräusch aufschreckte und Bewegung in die Menge kam.

Steiner machte große Augen, denn der Zug, der nun einfuhr, schien nur aus gebündeltem Licht zu bestehen, ein langgezogener, gleißender Block, der über dem Boden schwebte. Nun begann ihm langsam zu dämmern, worum es sich hier handelte: Die U-Bahn-Linien konnten nur das vielbeschworene Netzwerk von Energiepfaden sein, das sich durch das Erdinnere ziehen und heilige Orte verbinden soll. So phantastisch sich diese These auch anhörte, er hatte eine weitere wissenschaftliche Streitfrage des zwanzigsten Jahrhunderts entschieden.

Ein Teil der Fahrgäste stieg einfach in den leuchtenden Block, und der feinstoffliche Lichtzug surrte blitzschnell mit ihnen davon. Die Eleganz, mit der das geschah, versetzte Steiner in Verzückung. Mit so was Schönem wollte er auch gern mal fahren, und so drängte er durch das Gewühl und nahm gleich die nächste Möglichkeit wahr. Beim Einstieg hatte er das Gefühl, sich in eine lockere, duftende Schaummasse zu pressen, was durchaus angenehm war.

Dann drückte es ihn wie beim Start eines Flugzeugs in den unsichtbaren Sitz, daß ihm die Luft wegblieb. Die merkwürdigste Reise seines Lebens hatte begonnen. Ahoi, ahoi!

Das Innere des Lichtzugs war in geräumige Zellen unterteilt, und da man nicht nach draußen blikken konnte, war die Geschwindigkeit kaum wahrzunehmen. Ein sanftes Gleiten, wie durch goldenes Aspik. Steiner fühlte sich behaglich wie nie zuvor und musterte ohne Scheu die drei Gestalten, die mit ihm zugestiegen waren. Als er begriff, wer sie waren, pfiff er anerkennend durch die Zähne. Er reiste da nämlich nicht mit irgendwem, er reiste mit der Crème de la crème des keltischen Götterhimmels, mit der unbestrittenen Prominenz: Dagda, Lug und Keridwen. Eingeschüchtert blinzelte er nur noch verstohlen in ihre Richtung, aber die drei waren ohnehin mit sich selbst beschäftigt und nahmen keine Notiz von ihm.

Dagda, der Göttervater, machte seinem Image als alter Drecksack alle Ehre. Was für ein Kerl! Er war so groß wie zwei Männer, hatte nur ein Auge und eine gewaltige Keule auf dem Schoß, von deren Enden eines tödlich war, während die Berührung mit dem anderen die Toten wieder ins Leben zurückholte. Der Koloß sah aus, als hätte er eine wüste Zeit hinter sich. Seine Kleider waren abgerissen, das aufgedunsene Gesicht verschmiert, und die docksteife Hose aus Pferdeleder war ins Rutschen gekommen, so daß in der Spiegelung der Ansatz zweier mächtiger Arschbacken zu sehen war. Trotz seines abstoßenden Äußeren und der hohen Position, die er bekleidete, galt er als großer Frauenheld. War er nicht gerade mit Fressen und Saufen beschäftigt, lag er mit Sicherheit bei einer Schönen. Seine turbulenten Affären waren Legion. Dieser Himmelvater verstand eindeutig zu leben. Der Mann ließ nichts anbrennen. Sogar während sein Volk, die Duatha de Danaan, auf dem Schlachtfeld von den Fomori, den Protagonisten des Chaos, vernichtend geschlagen wurde, vergnügte er sich in einem nahen Getreidefeld.

Ein Wunder also, dachte Steiner, daß er nicht auch jetzt irgendein junges Ding bei sich hatte und herumknutschte. Noch besser wäre allerdings gewesen, wenn ihn seine Tochter begleitet hätte. Die Göttin Brigit stand nämlich im Ruf, sie könne ihr Badewasser in Bier verwandeln, und ein Bier hätte Steiner jetzt gut vertragen. Aber man konnte eben nicht alles haben.

Lug war zwar der Nachfolger Dagdas, doch dessen genaues Gegenteil: ein junger, strahlender Held, ein richtiger Tausendsassa, der jedes Handwerk und alle Künste beherrschte und kämpfen konnte wie kein zweiter. Er trug einen goldenen Helm und einen Brustpanzer vom gleichen Metall, silberne Ketten, ein golddurchwirktes Leinenhemd und eine Tunika aus vielfarbiger Seide. Auf seiner Schulter saß sein Wappenvogel, ein Rabe, und neben ihm lehnte sein magischer Speer, der ihn unbesiegbar machte. Diese Attribute hatte er mit Wotan gemein, und wie der berühmtere nördliche Kollege war auch er ein Meister der Magie und ein großer Schamane.

Steiner empfand ihn trotzdem sofort als unsympathisch, und das hatte seinen guten Grund. Wenn es in der Anderen Welt derartige Prachtburschen gibt, überlegte er, warum hatte Viviane dann ausgerechnet ihn aus der Zukunft geholt? Er wollte es sich nicht gern eingestehen, aber es war die nackte Eifersucht, die an ihm nagte. So wandte er mit einem höhnischen Schnauben den Blick von dem Strahlemann ab und schaute zornig zu Keridwen hinüber.

Die Muttergöttin, die Leben gab und Leben nahm, hatte was von einer Hexe, von einem furchteinflößenden Weib. Auf ihrem buckligen Rücken hing der große Kessel der Inspiration, der praktisch ihre Gebärmutter war. Steiner ekelte sich vor ihr, obwohl er wußte, wie sehr der Schein trügen konnte: Viviane hatte sich ihm ja zunächst auch als Monster präsentiert und sich dann in die schönste und beste der Frauen verwandelt. Diese Göttinnen waren immer für eine Überraschung gut, und so ließ er Keridwen nicht aus den Augen, bis sie seinen Blick auffing. Das war ein Fehler, wie er gleich merkte, als sie ihr Katastrophengebiß entblößte und ihn ihrerseits mit den glühenden Kohleaugen festnagelte. Er brach in Schweiß aus und war wie gelähmt, denn diese Göttin war als bösartig und rachsüchtig bekannt. Zu allem Überdruß fiel ihm jetzt auch noch eine schaurige Geschichte über sie ein.

Als Gwyon Bach einmal aus Unachtsamkeit ihren Kessel mit dem Zaubertrank zerbrochen hatte, verfolgte ihn Keridwen mit großer Wut. Er verwandelte sich in höchster Not in einen Hasen, doch sie verwandelte sich in einen Windhund und holte ihn ein. Darauf stürzte er sich in einen Fluß und wurde ein Fisch, aber sie gönnte ihm in Gestalt eines Fischotters keine Ruhe. Da sah er sich gezwungen, sich in einen Vogel zu verwandeln, doch sie jagte ihn im Kleid eines Falken über den Himmel. Zuletzt verwandelte er sich auf einer Tenne in ein Getreidekorn und wurde von einem Huhn gefressen, in das Keridwen sich verwandelt hatte. Aus der daraus resultierenden Schwangerschaft ging der berühmte Barde Taliesin hervor.

Robert Steiner strich sich unbehaglich über die vor Angst zugeschnürte Kehle. Er wollte nun so rasch wie möglich aussteigen, denn die Sache mit dem Fressen und Gefressenwerden war ihm nicht geheuer. Verstohlen sah er sich nach einer Fluchtmöglichkeit um, als Keridwen völlig überraschend mit ihren langen, dürren Fingern in den Kessel stieß, etwas Leuchtendrotes herauszog und es ihm zuwarf. Als er das Ding auffing, wurde er sanft durchgerüttelt, und der Lichtzug fuhr einfach weiter, während er wie angewurzelt stehenblieb. Die plötzliche Blockierung hatte zur Folge, daß er aufrecht durch den gleißenden Block hindurchflog und am Ende mit einem Flutschen herausglitt. So mußte es sein, wenn sich eine Schlange häutete. Im nächsten Augenblick war das blendendweiße Licht verschwunden, und Steiner stand wieder mitten im Wald, unter einer mächtigen Eiche, im strahlenden Sonnenschein.

Als er erleichtert aufatmete, merkte er, daß er noch immer in der Hand hielt, was ihm Keridwen zugeworfen hatte. Das Ding war ein kugelrunder, magentaroter Apfel von beträchtlicher Größe. Er betrachtete und beschnupperte das duftende Obst von allen Seiten und sagte aufgeregt: Ein Apfel, das Symbol des Wissens! Sie hat mir ein Symbol des Wissens geschenkt! Und man kann es sogar essen.

Er wollte schon hineinbeißen, da gingen ihm plötzlich sehr beunruhigende Gedanken über hinterlistige Schlangen, die sich im Paradies an unschuldige Evas heranmachten, durch den Kopf, sah er

Injektionsnadeln, die tödliches Gift in zartes Fruchtfleisch spritzten, und bizarr auszuckende Körper vor sich. Er machte schnell den Mund wieder zu und fragte sich erschrocken, ob die nette Geste vielleicht eine hinterhältige Falle war, ob er aus dem Weg geräumt oder vertrieben werden sollte. Aber nein, antwortete er sich gleich, Blödsinn! Wir sind hier ja nicht in der menschenfeindlichen, triebunterdrükkenden Bibel, wir sind hier bei den Kelten, die eine menschenfreundliche, orgiastische Religion betreiben. Der Wissensdurst darf ohne Bedenken befriedigt werden, und Wissen werde ich brauchen, will ich meine Aufgabe erfüllen.

Der Apfel schmeckte ganz vorzüglich, und gleich darauf merkte Steiner, wie sich in seinem Hirn etwas tat. Es war ihm, als würden seine Ganglien, die er sich immer als Spaghetti vorstellte, irgendwie verstärkt und in eine neue Ordnung gebracht. Unter der Schädeldecke kribbelte es wohlig, und es formierten sich Gedanken von ganz neuer Kraft. Er hatte das Gefühl, daß sie ihn über sich selbst hinauskatapultieren konnten. Voller Rührung sagte er: Danke, Keridwen! Danke für das neue Hirn. Tut mir leid, daß ich dich so falsch verdächtigt habe. Ein unverzeihlicher Fehler.

Nun war er bereit, das Drumeton zu finden und seine Viviane in die Arme zu schließen. Hurra, hurra! Er wollte sich gerade aufmachen, als plötzlich ein kleiner Mann mit einem mächtigen Bart und einem grünen Umhang vor ihm stand, doch er fürchtete sich nicht.

Der Mann sagte: Heil Euch, Herr! Bei den Göttern, auf die mein Stamm schwört, was sucht Ihr in dieser verlassenen Gegend?

Steiner glotzte ihn verwundert an. Kein Zweifel, der Mann sprach keltisch, und doch verstand er jedes Wort. Hatte der Umbau seines Hirns zur Folge, daß er die archaische Sprache verstand? So mußte es sein, denn er hörte sich schon selbst der ungewohnten Worte bedienen. Er sagte grinsend: Das Gute sei mit Euch, Fremder. Ich suche in der verlassenen Gegend das Drumeton. Könnt Ihr mir eine Auskunft geben?

Der Fremde nickte freundlich und legte mit einem Redeschwall los. Obwohl Steiner jedes einzelne Wort verstand, ergaben die Ausführungen keinerlei Sinn. Der Mann sagte etwa: Morgen bin ich ins Schwein gegangen, um mein Dorf zu verkaufen. Dort werde ich den nicht sehen, den ich dort treffe, aber er hat mir seine Hütte im Hydromel angeboten. Nun frage ich Euch, wie das Drumeton zu mir kommt. Ihr werdet Euch den Bach naß machen, wenn Ihr Euer Hemd überquert. Mächtige Eichen werden den Herrn, den ich nicht sehe, erblicken. Bevor er untergeht, wird die Sonne im Heiligen Hain angelangt sein. Nun bleibe Er da oder...

Steiner verstand: die Sucht der Kelten, in Rätseln zu sprechen, die Logik herauszufordern, ganze Satzteile falsch zu plazieren und die Tempora der Verben zu vertauschen. Er übersetzte die Spaßrede in Klartext, bedankte sich überschwenglich und blumig bei dem Fremden und rannte los.

Sein Weg führte ihn durch ein Sumpfgebiet, das von Teichen übersät war, die wie Quecksilberpfützen blitzten und von Schilf, Birken, Föhren und Fichten umstanden waren. Enten tuteten wie Nebelhörner, unter seinen Füßen federte der Boden wie ein Trampolin. Als er schließlich klatschnaß auf eine schaurige Fratze stieß, die grob in einen Baumstamm geschnitzt war, wußte er, daß er bald am Ziel sein würde. Vor innerem Feuer trockneten die nassen Kleider auf seinem Leib.

Das Drumeton ist der Mittelpunkt der Welt, das wußte Robert Steiner. Doch es gibt viele davon, weil die das Universum umfassende Gottheit ein Kreis ist, dessen Zentrum überall und dessen Peripherie nirgends liegt. An bestimmten realen oder symbolischen Orten öffnet sich die Welt der Menschen für die Götter, so daß sie dort einsickern und auch verehrt werden können. Am liebsten sickern sie in der Nähe von Heiligen Quellen und Seen, auf Hügelspitzen und in Heiligen Hainen ein – ausgewählte Plätze, die sich durch starke Erdstrahlung und Magnetkräfte auszeichnen und von der psychischen Kraft all der Menschen durchdrungen sind, die dort jahrhundertelang ihre Rituale zelebriert haben. Festhalten kann man die Götter jedoch nirgends, und es wäre lächerlich, sie in eigens dafür errichteten Tempeln einsperren zu wollen. Ihre Vielzahl stellt nun mal die Totalität des Universums dar. Die Funktion jedes einzelnen Gottes verkörpert die jeweilige Stufe des Zivilisationsprozesses, denn sie konstituieren sich und wachsen mit den Handlungen der Menschen. Für den gläubigen Menschen der Prähistorie gilt es also einzig und allein, mit diesen verborgenen Kräften in Verbindung zu treten und in Harmonie mit ihnen zu leben. Am leichtesten zu erreichen sind sie durch Opfer.

Robert Steiner schlug die Augen auf und fühlte sich auf dem duftenden Stroh wie ein frisch geworfenes

Kätzchen. Durch die Ritzen in der Hütte fiel Sonnenlicht, und der Wind trug leises, rhythmisches Gemurmel heran. Waren die Freunde also schon wieder fleißig am Studieren, während er noch seinen süßen Träumen nachhing? Er sprang auf, trat in den strahlenden Tag hinaus und streckte sich wohlig der Sonne entgegen, die in den hohen Baumwipfeln hing. Das war die richtige Art, einen neuen Tag zu beginnen.

Rund um die großflächige Waldlichtung, die von einer hohen, efeuüberwucherten Felswand begrenzt wurde, standen schilfgedeckte Blockhütten. Gleich nebenan lag der Heilige Hain, der mit einem Palisadenzaun eingefaßt war. Auf darüber hinausragenden Stangen steckten Totenköpfe. Im Schatten der gewaltigen Eichen saßen in weiße Roben gekleidete Adepten und rezitierten unter dem Vorsitz eines erfahrenen Druiden Verse und die mythischen Erzählungen der Überlieferung. Ein sehr friedliches und eindringliches Bild.

Steiner grüßte freundlich, als er zur Heiligen Quelle ging, um sein morgendliches Bad zu nehmen. Inzwischen hatte er den Kulturschock überwunden und wußte die natürlichen Ressourcen zu nutzen. Zur Reinigung der Zähne kaute er ein Stück Rinde, was zusätzlich das Zahnfleisch kräftigte. Was wollte der Mensch mehr?

Die Heilige Quelle entsprang zwischen einigen mit Moos und Farnkraut bewachsenen Steinblöcken und staute sich in einem natürlichen Becken, bevor sie als Bach in den Wald hineinsprang. Im hellen Morgenlicht schillerte das Wasser in allen Regenbogenfarben wie ein Ölfleck vor der grünen Blätterwand, in die Stämme waren furchterregende Fratzen geschnitzt, die Steiner an kubistische Masken erinnerten. Sie bestätigten, was Steiner in seinem Wiener Keltenzirkel über die Kunst dieses seltsamen Volkes erfahren hatte: Das Lebendige wurde zergliedert, damit das Tote nach dem Zerfall in seinen vorgeburtlichen Zustand überführt werden konnte und dadurch die Deckungsgleichheit von Leben und Tod entstand, was wiederum der Totalität des absoluten Seins entsprach. Das Symbol dafür war die Schlange, die sich in den eigenen Schwanz beißt. Mit platten Abbildungen der sichtbaren Wirklichkeit wollte sich der keltische Künstler nicht aufhalten, was die materialistischen Römer und Griechen veranlaßte, das künstlerisch hochentwickelte Konzept als grobe Unfähigkeit anzusehen.

Trotz der frühen Morgenstunde wurde rundum bereits fleißig gearbeitet. Kräftige Männer hoben mit Grabscheiten einen zwanzig Meter tiefen Ritualschacht aus und schichteten einen gigantischen Scheiterhaufen auf. Außerdem trafen seit Tagen laufend neue Leute ein: vornehme Druiden und Druidinnen aus allen Teilen des Reiches, prächtige Krieger und Kriegerinnen, die groß, muskulös und gewalttätig aussahen, griechische und römische Beobachter, die etwas ängstlich wirkten. Sie alle kamen, um am bevorstehenden Beltaine-Fest teilzunehmen, dem Fest der Priester, das die größte Bedeutung im Jahresablauf innehatte.

Robert Steiner legte seine farbenfrohe keltische Tracht ab, die sein ganzer Stolz war, und glitt vorsichtig in das Wasser. Brrr, war das anregend und erfrischend! Wasser wirkte ja, wie er gelernt hatte, heilend, weil es nicht nur den Körper, sondern auch die Seele reinigt. Er fühlte sich gleich ganz vollkommen und rein, und während er die Augen schloß und ausgelassen mit den Beinen strampelte, dankte er den Göttern, daß er an diesem wunderbaren Ort unter diesen vortrefflichen Menschen weilen durfte. Die Erfahrungen, die er in den letzten Tagen gemacht hatte, waren schlicht unbezahlbar. Er hatte ungezwungen am Leben im Drumeton teilgenommen und sich in zahlreichen Gesprächen, obwohl die Rede der Druiden einschüchternd und hochmütig war und zu tragischem Pathos neigte, ein Bild von ihrer geistigen Welt gemacht.

Sie lehrten einen leidenschaftlichen, hemmungslosen Lebenswillen und forderten zu aktivem Handeln und steter Vervollkommnung auf. Der Mensch galt ihnen als absolut frei, und da die Welt ein ständiges Werden war, in dem die Grenzen zwischen Schöpfer und Geschöpf verschwammen, mußte er an dem ihm zugewiesenen Platz seinen ureigenen Beitrag zur Entwicklung des Universums liefern. Es war der Traum vom Leben in hundertprozentiger Eintracht mit der Natur, von der tiefen Geborgenheit und unantastbaren Sinnhaftigkeit, die eine felsenfeste religiöse Überzeugung bietet. Es war das reine Leben, Leben in seiner höchsten Form. Steiner war fest entschlossen, das Wissen und die Einstellung in das zwanzigste Jahrhundert mitzunehmen.

Das Drumeton selbst fungierte als mythisches Zentrum und zugleich als eine Art Universität. Einerseits wurden hier die großen Kultversammlungen und die politischen Zusammenkünfte abgehalten, andererseits strömten aus dem ganzen Land junge, talentierte Männer und Frauen herbei, um sich zu Druiden ausbilden zu lassen. Der Bedeutung des Amtes entsprechend betrug die Studiendauer zwanzig Jahre. Nur wenige Adepten erreichten das Ziel, doch wer durchhielt, gehörte automatisch der höchsten Klasse an und genoß uneingeschränkte Macht. Dafür konnte man schon ein wenig arbeiten.

Die Druiden, das hatte Steiner aus erster Hand erfahren, vereinten die Funktionen des Priesters, Dichters, Philosophen, Astrologen, Gelehrten, Magiers, Sehers und Arztes in einer Person. Da es in der keltischen Gesellschaft keine Trennung gab zwischen dem sakralen und dem weltlichen Bereich, waren sie auch in allen politischen Fragen von größter Bedeutung. Keine Entscheidung ohne geistliche Einflußnahme. Sie saßen zur Rechten des Königs und der Häuptlinge, durften vor ihnen das Wort ergreifen und Recht sprechen. Über ihre Urteile gab es keine Diskussionen, denn sie unterstanden direkt den Göttern. Irrten sie sich, wurden sie von ihnen persönlich bestraft. Hielt sich ein verurteilter Laie nicht an ihren Spruch, wurde er vom Gottesdienst ausgeschlossen, was praktisch sein soziales Todesurteil bedeutete. Obwohl die Druiden als Vertreter des ersten Standes für gewöhnlich nicht in den Krieg zogen, regelten sie also sämtliche Belange der Gemeinschaft und bestimmten die Politik ihres Stammes, ja des gesamten Volkes. Diese schwindelerregende Machtfülle erforderte absolute Weisheit und Korrektheit und konnte daher nur dem geistigen Adel anvertraut werden. Das schöne war aber: Zum geistigen Adel konnte jedermann aufsteigen, der die nötigen Voraussetzungen mitbrachte und über genügend Ausdauer verfügte.

Die Lehre bestand aus einer großen Anzahl von Versen, den sogenannten Triaden, die in einer schwerverständlichen archaischen Sprache abgefaßt waren, und den mythologischen Erzählungen, die alle Wissenschaften beinhalteten. Die Geschichtsauffassung war, wie Steiner bald herausfand, eine rein mythische, und obwohl die Druiden die griechische Schrift beherrschten, gaben sie ihr Wissen nur mündlich weiter. Das sollte zum einen dazu dienen, den Kreis der Eingeweihten so klein wie möglich zu halten, und garantierte zum anderen eine größere Flexibilität und Lebendigkeit, denn sie waren fest überzeugt, daß alles Geschriebene die Entwicklung unweigerlich zum Erstarren bringt und sie unwiderruflich festlegt. Keine schlechte Meinung.

Für magische Beschwörungen und Verwünschungen bediente sich der Druide der Ogam-Schrift, einem einfachen Zeichensystem, das in Hasel- oder Eibenzweige und in Steine geritzt wurde. Damit die magischen Handlungen wirksam werden konnten, mußten die Beschwörungsformeln in einem ganz bestimmten Rhythmus und Tonfall und mit Harfenbegleitung ausgeführt werden. Steiner war von der tiefen Musikalität der Kelten stark beeindruckt. Der Musik selbst wurden ebenfalls magische Wirkungen zugesprochen, konnte sie die Menschen doch zum Lachen, Weinen, Schlafen und sogar zum Sterben bringen. Steiner nahm sich vor, bei Gelegenheit auch wieder eine Kostprobe seiner überragenden musikalischen Fähigkeiten zu geben.

Das Ziel all der Zaubereien war die Erweckung der latent vorhandenen Naturkräfte und der Blick in die Zukunft. Dazu war es nötig, durch Trancetechniken erst mal die Gesetze der Zeit außer Kraft zu setzen, und dann konnte der Augure unter verschiedenen Methoden der Weissagung wählen. Am beliebtesten waren die Beobachtung des Vogelflugs, künstlich herbeigeführte Träume und die Opferschau. Letztere war besonders schaurig. Um Aufschlüsse über Angelegenheiten von großer Bedeutung zu erhalten, wurden einem menschlichen Opfer oberhalb des Magens ein Dolch in den Bauch gestoßen und aus den Todeszuckungen und dem Sprudeln des Blutes die Erkenntnisse gezogen. Dieses Ritual mag barbarisch und verdammenswert erscheinen, doch muß es im Licht einer alles überragenden Religiosität gesehen werden. Es ging ja darum, permanent den Willen der Götter zu erforschen und die Harmonie des Universums zu erhalten. Was zählte angesichts dieser übermenschlichen Aufgabe schon ein Menschenleben? Noch dazu, da man ja nicht wirklich sterben konnte. Trotzdem war Steiner froh, daß er ein derartiges Gemetzel bisher noch nicht mit ansehen hatte müssen.

Die Hauptaufgaben der Druiden, die im Ruf standen, die Sprache der Götter zu sprechen, war also, die Verbindung zu den obersten Instanzen herzustellen. Sie versahen den Götterdienst, machten den Kalender, standen den Kulthandlungen vor, beobachteten die Gestirne und waren bei jedem Opfer anwesend. Außerdem verwandten sie viel Zeit darauf, die Geheimnisse und Gesetze der Natur zu erforschen, und wurden so zu hervorragenden Ärzten und zu großartigen Pflanzenheilkundigen. Da sie überzeugt waren, daß jede Krankheit auch eine Krankheit der Seele ist, arbeiteten sie wie die Schamanen zusätzlich mit Magie. Ihr magisches Allheilmittel, der berühmte Zaubertrank, wurde aus der Mistel gewonnen. Diese Vampirpflanze, die eine der ältesten Pflanzen der Erde ist und als göttlich galt, mußte in einem genau festgelegten Ritual gewonnen werden, das wiederum Auftakt zu weiteren sakralen Festlichkeiten war. Eine derartige Veranstaltung stand demnächst bevor.

Robert Steiner stieg aus dem Wasser und trocknete sich schlotternd mit einem gefärbten Leinentuch ab, bevor er in seine Kleider schlüpfte. In dem neuen Outfit konnte er nun leicht als Kelte durchgehen. Auf dem Weg zu seiner Hütte überrollte ihn plötzlich eine Welle von Nervosität und starker, verzehrender Vorfreude, und sein frisch gewaschenes Glied füllte sich mit Blut. Viviane, so hatte man ihm in Aussicht gestellt, würde es sich nämlich nicht nehmen lassen, an dem bedeutenden Ereignis des Beltaine-Festes teilzunehmen. Stimmte das, konnte sich endlich herausstellen, was es mit ihrer Liebe auf sich hatte, wie es um sie als heroisches Liebespaar stand. Er blickte sich mit geröteten Wangen um, doch Viviane war anscheinend noch nicht eingetroffen. Nun denn, sagte er, trotzdem voran! Aber mit Geduld!

Im Heiligen Hain wurden nun weitere Totenköpfe und magische Zeichen aufgespießt. Steiner rasierte sich vor einem Bronzespiegel mit einem Rasiermesser, das die Form einer Ölsardine hatte, und rieb sich mit duftenden Blütenessenzen ein. Dann legte er sich in die Sonne und sagte: Viviane, ich habe keine Mühe und Gefahr gescheut, um deiner Liebe würdig zu sein. Hier bin ich. Verfüge über mich.

Der sechste Tag im Mondzyklus: Das Beltaine-Fest war voll im Gange. Über dem Wald hingen zarte Harfenklänge, die die Versammelten in eine leichte Trance versetzten. Die in schneeweiße Roben gehüllten Druiden und die Krieger in vollem Wichs standen im Halbkreis im Eichenhain, während sich die skeptischen griechischen und römischen Beobachter etwas abseits hielten. An Holzpflöcken waren zwei weiße Stiere festgebunden. Hunderte Augenpaare hefteten sich auf den Oberdruiden, der mit großem Ernst das Ritual der Mistelernte ausführte.

Da die Eiche als Gottheit in sichtbarer Form galt, stellte die Mistel, die auf ihr wuchs und sich von ihren Säften ernährte, praktisch die Essenz des Göttlichen dar. Diese göttliche Pflanzenenergie galt es freizusetzen und für Heilzwecke zu nutzen. Der Oberdruide stieg in seinen leuchtenden, wallenden Gewändern, archaische Beschwörungsformeln skandierend, auf einen Baum und schnitt mit einer vergoldeten Sichel die heiligen Pflanzen ab. Die grünen Zweige mit den weißen Kugeln sahen aus wie das Modell eines Atoms; sie wurden für die weitere Verwendung in weißen Tüchern gesammelt. Damit sie ihre volle Kraft entfalten konnten, mußten den Göttern nun noch Opfer dargebracht werden. Dem Ritual entsprechend mußten es Stieropfer sein.

Robert Steiner wäre am liebsten schreiend davongelaufen, als er sah, wie die scharfe Axt die Schädel der weißen Stiere, die schwarze Masken trugen, spaltete, daß Blut, Knochensplitter und Hirnmasse spritzten. Sein Mund war aber mit einem stinkenden Fellstück geknebelt, die Hände mit groben Hanfstricken gefesselt und mit anderen gefangenen Männern verbunden, die alle purpurrote Umhänge trugen. Er hyperventilierte stark und spannte rhythmisch die Beinmuskeln an, um nicht in Ohnmacht zu fallen. Sein Puls ging wie ein Maschinengewehr, während er vor Angst und Wut zu zerplatzen glaubte. Was man mit ihm angestellt hatte, konnte er nicht fassen, und wenn nicht bald ein Wunder geschah, war er verloren. Er blickte sich verzweifelt nach Viviane um, die einzige, die ihm noch helfen konnte. Sie war nirgends zu sehen.

Kurz bevor die Feierlichkeiten ihren Anfang genommen und sich die Teilnehmer formiert hatten, hatten sich plötzlich bewaffnete Krieger auf ihn gestürzt und ihn gefangengenommen. Aus heiterem Himmel, einfach so. Hatte er erst noch an ein Mißverständnis geglaubt und scherzhaft nach einem Anwalt gerufen, so wurde ihm bald klar, daß es bitterer Ernst war. Wie es aussah, sollte er zusammen mit den anderen Gefangenen als Menschenopfer für die Götter dienen. Absolut komisch und originell! Wäre seine Lage nicht so verdammt gefährlich gewesen, er hätte laut herausgelacht, denn das war die größte Infamie, die er jemals erlebt hatte. Die Freundlichkeit dieser Menschen, die er so bewundert hatte, war von vornherein falsch gewesen. Diese prähistorischen Monster hatten von Anfang an gewußt, wofür sie ihn verwenden würden. Die größte Infamie der Geschichte! Aus Wut über seine Dummheit hätte er sich am liebsten gleich selbst umgebracht, denn verloren war er sowieso. Fern der Heimat und seiner Zeit würde er einen qualvollen Tod sterben, und kein Mensch und keine Institution konnten ihm mehr helfen. Viviane, die verdammte Hure, steckte mit diesen Verbrechern wahrscheinlich unter einer Decke. Womit hatte er das verdient? Es war zum Heulen.

Nachdem die beiden Stiere in ihrem rubinroten Blut, das wie Siegellack glänzte, endgültig ausgezuckt hatten, setzte sich die Kultgemeinde in Bewegung. An der Spitze der Prozession wurde ein entwurzelter Baumstamm getragen, daran schlossen sich die Druiden und die Krieger an. Ihre langen Haare wehten wie Standarten im Wind, in den Händen hielten sie Votivgaben. Die Ruhe des Waldes war nun von Trompetenstößen und Trommelwirbeln gestört, die Gefangenen wurden, schwer bewacht, im Troß mitgeführt. Trotz seiner mißlichen Lage verfolgte Steiner das Geschehen mit Interesse, als sehe er einen ethnologischen Filmbericht. Irgendwie hatte er ja nach wie vor die Hoffnung nicht aufgegeben, daß er auch aus diesem Abenteuer mit heiler Haut hervorgehen würde.

Das Ziel des Umzugs durch den Wald war der Ritualschacht in der Nähe der Heiligen Quelle. Irgendwo im Dickicht verborgen, rief ein Kiebitz erschrocken: *Kiäwitt! Kiäwitt! Kiäwitt!* Der schrille Ruf erinnerte Steiner an die Fernsehserien seiner Jugendzeit. Damals waren die Helden ja auch immer in allerletzter Sekunde gerettet worden. Warum nicht auch er?

Nachdem alle um den Ritualschacht versammelt waren, begann der Hauptteil der Veranstaltung: die Opferungen. An einem der vier großen Jahresfeste wie heute waren die Gaben besonders zahlreich. Die Druiden und die Krieger traten hintereinander an den Schacht heran, umrundeten ihn, indem sie Gebete und Invokationen sprachen, und warfen dann ihr Teuerstes hinein, um die Wasser- und Erdgeister zu besänftigen und positiv zu stimmen.

Die Münzen, Schmuckstücke, Tongefäße, Waffen und Torques, die diesen Weg gingen, waren ein ungeheurer Schatz und hätten leicht ausgereicht, um in späterer Zeit den Saal eines Museums zu füllen. Nur das Wertvollste eines Menschen, etwas, das ihm wirklich fehlte, konnte die Verbindung zu den Göttern, die sehr anspruchsvoll waren, herstellen. So konnte die oberste Göttertrias Esus, Teutates und Taranis nur mit dem Allerteuersten, mit Menschenleben, erreicht und zufriedengestellt werden. Steiner schwante nichts Gutes.

Als die beiden ersten Opfer losgebunden und abgeführt wurden, erloschen seine Hoffnungen wie eine Fackel in einer Lache. Ein Blick in die fanatischen Augen zeigte ihm, daß er keine Chance hatte. Die machten Ernst. Obwohl er nun mit dem Schlimmsten rechnete, konnte er den Blick nicht abwenden, als die beiden Männer mit großem Tamtam für Esus auf einen Baum gehängt wurden. Gleich darauf wurde Teutates geopfert, dem das Ertränken entsprach. Zwei kräftige Druidinnen tauchten zwei weitere Opfer in einem bis zum Rand mit Wasser gefüllten Bronzekessel unter, bis sie sich nicht mehr bewegten und sich braune Flecken auf den roten Umhängen abzeichneten. Das erstaunliche dabei war, daß die Morde vollkommen ruhig über die Bühne gingen. Keiner der Delinquenten wehrte sich, jeder erwartete mit stoischer Ruhe und ungebrochenem Stolz seinen Tod. Als Opfer waren sie schließlich Auserwählte, erhöht und über sich selbst erhoben, denn opfern hieß, einen Gegenstand oder ein Lebewesen heilig zu machen, sie in die Welt des Göttlichen zu geleiten und ihnen die Wünsche der Lebenden mitzugeben. Und wer mit einer derart großen Aufgabe betraut war, konnte ja unmöglich als Feigling und Unwürdiger sterben. Er mußte sich mit Hingabe in die Hände der höchsten Mächte begeben.

Robert Steiner bewunderte diese Haltung in gewisser Weise, doch er selbst sah die Sache natürlich ganz anders. Er wollte überhaupt nicht sterben, nicht für Götter, die nicht die seinen waren, und auch sonst für niemanden. Wie kam er dazu, sich von einer Horde Wilder töten zu lassen, die seit zweitausend Jahren gar nicht mehr existierten? Doch trotz der Absurdität der Situation schien kein Weg daran vorbeizuführen. Nun wartete nur noch Taranis, dem zu Ehren man den riesigen Scheiterhaufen errichtet hatte, auf seine Gabe. Steiner fuhr die Angst wie ein Schwert in die Eingeweide, während ihm der Schweiß wie Eiswürfel über den Rükken rieselte. Wenn er jetzt nicht handelte, würde er bald nicht mehr handeln können! Er nahm seine ganze verbliebene Kraft zusammen, würgte den Knebel heraus und brüllte gellend: Bindet mich sofort los und laßt mich gehen, ihr Halbaffen! Ich habe mit eurem Irrsinn nichts zu tun! Weiß gar nicht, was das soll!

Die griechischen und römischen Beobachter zuckten bei diesem verzweifelten Ausbruch zusammen und schüttelten angesichts der Brutalität der Barbaren verstört den Kopf. Die Barbaren fixierten Steiner hingegen mit tiefer Verachtung, als wollten sie sagen: Was will denn dieser komische Fremde eigentlich? Soll doch froh sein, daß er gleich zu Taranis, unserem Himmelsgott, auffahren darf. Was für ein undankbarer, gotteslästerlicher Kerl!

Steiner brüllte weiter, bis ihn Albiorix, der Druide, mit dem er sich vor langer Zeit auf dem Siegerfest im Dorf unterhalten hatte, umarmte und beruhigend auf ihn einredete: Er habe doch unbedingt die Große Göttin treffen wollen. Nun sei der Augenblick dafür gekommen. Er solle bloß, in vollem Vertrauen auf die Götter, den Weg gehen, den man für ihn vorgesehen habe. Dann werde alles richtig und gut. Er solle keine Angst haben.

Die ruhig und freundlich vorgebrachten Worte verwirrten Steiner so, daß er sich widerstandslos zu dem aufgetürmten Holzkäfig führen ließ, der mit trockenem Heu ausgestopft war. Kurz blitzten noch Bilder von Polizeiattacken, Hubschraubereinsätzen und Befreiungsaktionen in seinem Kopf auf, doch eigentlich hatte er schon kapituliert. Warum nicht als Held sterben, auch wenn nie jemand davon erfahren würde? Warum sich weiter dagegenstemmen, wenn es doch keine Rettung mehr gab? Neben dem heroischen Fatalismus blieben nur noch wenige bange Fragen: Wie lange dauert ein Verbrennungstod? Was würde er leiden müssen? Und was hatte Albiorix' kryptische Andeutung über Viviane zu bedeuten? Sollte er sich im Tod mit ihr vereinen? Fragen, Fragen, aber keine Antworten. Nun denn, wie auch immer, sagte er zitternd, voran! Für die Götter, für Viviane!

Der Mann, der mit ihm verbrannt werden sollte, zwängte sich beschwingt und lächelnd durch die Holzrippen, als würde er zu einer Party gehen. Unbegreifliches Volk! Steiner folgte ihm mit weichen Knien, aber als sie zum Mittelpunkt des Scheiterhaufens vorgestoßen waren, mußte auch er grinsen. Diese verdammten Schlitzohren! Es gab nun tatsächlich keinen Grund mehr, sich zu fürchten, und so stellte er sich voll fiebriger Erwartung auf eine lange Reise ein. Als der Scheiterhaufen in Brand gesteckt wurde, konnte die Party beginnen.

Am Höhepunkt der innigsten Vertrautheit begann der Fall. Das Raumschiff, ein silbrig glänzendes Hirn, verließ mit heulenden Motoren die ferne Galaxie, wo das Treffen stattgefunden hatte, schoß durch das Sonnensystem, durchpflügte das Gravitationsfeld der Erde, fiel durch die Stratosphäre, die Atmosphäre und die Biosphäre und landete knirschend in einem menschlichen Kopf. Wenig später gingen auf dem rußgeschwärzten Gesicht wie Luken die Augen auf und zoomten verwirrt um sich. Das Hirn begann zu arbeiten.

Rangun oder Broceliande? Ottakring oder Tara? Robert Steiner rieb sich die brennenden Augen, versuchte einen vernünftigen Gedanken zu fassen und fragte sich schließlich: Wo bin ich?

Er lag ausgestreckt in einer Grube, über und über mit kalter, schmieriger Asche bedeckt. Rund um ihn stiegen von verkohlten Trümmern dünne Rauchfäden auf, der Gestank erinnerte an die Selcherei eines Fleischers. Verflucht, wie war er in dieses Loch, in diesen Brandherd geraten? Soviel er sich erinnern konnte, war er zur Sommerfrische nach Hallstatt gefahren und nicht in die Hölle!

Er stand mühsam auf und klopfte den ärgsten Dreck ab, und dann stieg plötzlich mit einigen Atü eine Flut von Bildern in ihm auf. Natürlich, da war ja in der Zwischenzeit eine ganze Menge passiert. Richtig, er befand sich ja seit geraumer Zeit in der Prähistorie. Und was war zum Schluß geschehen? Warum hatte er schon wieder das Bewußtsein verloren? Als sich ihm schaurige Erinnerungen an blutrünstige Zeremonien aufdrängten, rief er aus: Bei Belenos, die haben mich doch nicht etwa tatsächlich auf dem Scheiterhaufen verbrannt und in einem Brandgrab beigesetzt! Nein, sicher nicht, denn er stand ja auf zwei Beinen und hatte, soweit er feststellen konnte, keinerlei Brandwunden davongetragen. Wie war er aber dann dem Feuertod entronnen? Warum war er hier auf dieser unbekannten verbrannten Erde? Wo war das Drumeton?

Bei genauerer Überlegung gab es nur eine Erklärung: Er mußte Teilnehmer an einem Unsterblichkeits- und Wiedergeburtsritual gewesen sein, einem Simulacrum, das sich als Kifferparty erwies, als Kifferparty von gigantischem Ausmaß. Unter dem Holzstoß hatte man freundlicherweise einen Graben in Flaschenform und einen unterirdischen Gang ausgehoben, in dem sich sogar eine hölzerne Sitzbank befand. Dahinein krochen Steiner und das andere Opfer und waren somit gut vor dem prasselnden Feuer geschützt, das über ihnen tobte. Da in der Feuerpyramide jede Menge Hanf verbrannte, waren sie bald von einer würzigen Duftwolke eingehüllt und brauchten nur kräftig einzuatmen, um abzuheben und in jenseitige Welten, also in den inneren Kosmos zu reisen. Steiner hatte schon früher öfter an einem Joint gezogen, aber das hier war eine ungleich beeindruckendere Erfahrung. Ein absolutes Flash. Er hatte den Eindruck, daß er jede irdische Bindung verlor, seinen Körper verließ und wie ein Raumschiff durch Raum und Zeit raste. Er sah ferne Gestade von unbeschreiblicher Dichte, bizarre Landschaften, gegen die sich die Phantasieprodukte eines Hieronymus Bosch wie läppischer Kinderkram ausmachten, stieß auf geheimnisvolle Wesen in Menschen- und Tiergestalt und kam aus dem Staunen nicht mehr heraus. Ein Flug der halluzinatorischen Superlative, und dann der einsame

Höhepunkt: eine Erscheinung von geradezu umwerfender Schönheit und Kraft. Natürlich war das Viviane, seine göttliche Viviane.

Er war auf seiner Expedition durch ein schwarzes Loch in ein azurblaues Tal geraten, in dem sich magentarote Korallengebirge auftürmten. Durch die Luft flogen in allen Regenbogenfarben schimmernde Riesenfische und feinziselierte Pflanzen aus goldglänzender Folie. Steiner verlor sich in dem Anblick wie in einem Ölbild von Kandinsky, bis plötzlich aus einer mächtigen Korallengrotte, die wie das Geschlecht einer Jungfrau leuchtete, Viviane heraustrat. Sie hatte die Größe von zwei erwachsenen Männern, trug ein fließendes Gewand im Gelb von Krokosblüten und ein pechschwarzes Cape, auf dem Sterne und Monde blitzten. Auf der Stirn des ätherischen, hellblau bemalten Antlitzes prangte ein Diadem, das wie ein Spiegel die Umgebung reflektierte, und in der schneeweißen Hand hielt sie eine Zimbel aus Messing, die ein leises, sirrendes Geräusch erzeugte. Sie lächelte mild.

Trotz der überwältigenden Erscheinung rastete Steiner nicht mehr aus. Er war inzwischen fest davon überzeugt, daß ihm, dem Auserwählten, nur das Allerbeste und Teuerste zustand, und so ging er ohne Umschweife auf die grandiose Gestalt zu, die mit blauen Lichtschleiern umhüllt war. Etwas mulmig wurde ihm erst zumute, als sie ihn wie eine Puppe hochhob und ihn vor ihrem Gesicht zappeln ließ, ohne ein Wort zu sagen. Doch er wußte auch so, was von ihm erwartet wurde. Er mußte in den Spiegel schauen, denn nun wurde es bitterer Ernst mit der Selbsterkenntnis. Jetzt gab es keine Ausflüchte mehr.

Der Film, den er mit sich selbst in der Hauptrolle in Vivianes Stirn ablaufen sah, war der reinste Horrorstreifen. Er erkannte sich in den verschiedensten Entwicklungsstadien, doch alle Episoden strahlten die gleich Tristesse und Hoffnungslosigkeit aus. Er hätte nie vermutet, daß sein bisheriges Leben eine derart graue, verschwommen flimmernde Folge von Demütigungen, existentieller und sexueller Not, Unzulänglichkeiten, Depressionen und Angstzuständen gewesen war, doch es entsprach der reinen Wahrheit. In dieser Konzentration, in der die leeren Kilometer herausgeschnitten waren, erwies es sich als Tragödie, als ein vom Lebensnerv abgetrenntes, verstümmeltes, völlig unzureichendes, trostloses und schreckliches Dahinvegetieren. Der banale Horror des zwanzigsten Jahrhunderts. Er vergrub sein Gesicht in Vivianes weicher, nach Krokussen duftender Schulter und weinte bitterlich. Mit so was Schlimmem hatte er nicht gerechnet.

Viviane strich mit ihrer großen, warmen Hand über seinen bebenden Astralleib und flüsterte ihm tröstende Worte ins Ohr: Er solle zu heulen aufhören, denn nun sei die Qual ja zu Ende. Sie habe ihn auserwählt und somit der Bedeutungslosigkeit entrissen. Er solle nur weiter den vorgezeichneten Weg gehen und werde ein für allemal aus dem Dreck des menschlichen Daseins erhoben und reich belohnt. Sie werde in der großen Stadt auf ihn warten, um ihm in irdischer Gestalt die Gunst ihrer Lenden zu schenken, bevor er dann die große Tat vollbringen werde, die ihn endgültig unsterblich mache. Robert, Ihr seid mein Geliebter und Held, unsere Stärke und Hoffnung, hauchte sie noch, bevor sie sich in Luft auflöste und Steiner zu sinken begann und in seinen verdreckten Körper zurückkehrte.

Die düstere, tote Umgebung stand in starkem Kontrast zu den explodierenden Farben und den wundervollen Sphärenklängen, die er im Kopf hatte. Er mußte, soviel stand fest, auf einem Wahnsinnstrip gewesen sein. Und nun? War er aus dem Traum erwacht und wieder im zwanzigsten Jahrhundert, wo er hingehörte? Hatte sich der ganze Zauber als temporärer Rückfall in archaische Bewußtseinsschichten, als transpersonale Krise erwiesen? War er einfach nur ein Fall für den Psychiater?

Er ging steif und krumm zum Rand der Anhöhe, auf der sich die Grube befand, und spähte in das Tal hinunter, durch das ein breiter Strom floß. Da er nirgends ein Anzeichen von Zivilisation entdecken konnte, nahm er an, daß er sich nach wie vor in der Prähistorie befand. Gut. Nach allem, was er bereits erlebt hatte, konnte ihn ohnehin nichts mehr erschüttern. Und was war das da für ein blaues Gewässer? Der Tiber, die Donau, die Wolga? Egal. Er mußte einfach weiter den vorgezeichneten Weg gehen. Doch was hatte Viviane mit der großen Stadt gemeint, in der sie sich ihm hingeben werde? Beim Gedanken an die Gunst ihrer Lenden jagte ihm ein Wonneschauer über den Rücken. Himmel, wo war denn nun diese verdammte Stadt? Wie sollte er sie finden? Immer diese unbestimmten Ansagen, das Tappen im dunkeln, die ineinanderverkeilten Labyrinthe! Nahm denn diese Prüfung niemals ein Ende?

Während er ein Geröllfeld hinunterrutschte, mischte sich Unmut in seine Erregung. Rechts und links des Stroms ragten steile Hänge auf, so daß er nur vor und zurück konnte. Er wusch sich, so gut es ging, mit dem eiskalten Wasser. Plötzlich hörte er Stimmen und Hufgetrappel hinter sich. Er fuhr herum, und da zog eine farbenfrohe Karawane den Trampelpfad herauf. Er atmete erleichtert auf und lief ihr entgegen, indem er zum Zeichen seiner friedlichen Absichten die leeren Hände hob. Der Treck hielt an.

Obwohl ihm vom ungewohnten Reiten bald der Hintern schmerzte, blickte Robert Steiner glücklich in die Landschaft. Nun war es nur noch eine Frage der Zeit, bis er Viviane die Gunst seines Zepters schenken würde. Die Tragtierkolonne der Händler hatte, von Italien kommend, die Alpen überquert und bewegte sich nun die Donau hinauf zur Hauptstadt der keltischen Vindeliker, die beim heutigen Ingolstadt lag. Steiner war sich ziemlich sicher, daß es sich dabei um den von Viviane avisierten Ort der Liebe handeln müsse, den er aus verständlichen Gründen so rasch wie möglich erreichen wollte. In seinem Bauch schwirrten schon die Schmetterlinge des Liebesgeschwaders. Die Marschgeschwindigkeit betrug aber nur dreißig Kilometer pro Tag, so daß er sich gewünscht hätte, sie wären, anstatt mit Zugtieren, mit Strandbuggies, schweren Trucks oder Motorrädern unterwegs. So knapp am Ziel wollte er aber nicht mehr die Nerven verlieren, also übte er sich in heroischer Geduld, denn schließlich befand er sich ja nach wie vor in der Prähistorie, in der andere Zeitbegriffe herrschten. Voller Zärtlichkeit kraulte er die verfilzte Mähne des kleinen, stämmigen Pferdes, das man ihm freundlicherweise zur Verfügung gestellt hatte. Es wieherte erfreut.

In den Sätteln waren senkrecht Amphoren und Fässer eingehängt, in denen Wein, Olivenöl und Millifiori-Glas transportiert wurden, begehrte Waren, die man in Oberitalien mit Sklaven, Wollgewebe, Pökelfleisch und gesalzenem Schinken bezahlt hatte. Im halbwegs befriedeten Europa gab es einen regen Handelsverkehr; die Routen reichten von Sizilien bis zur Nord- und Ostsee, von Kleinasien bis zu den Britischen Inseln. Den Äußerungen der Kaufleute entsprechend, nahm Steiner an, daß sie sich irgendwo im ersten vorchristlichen Jahrhundert befanden, und das bedeutete, daß es mit den Kelten immer mehr bergab und dem Ende zuging, während die Römer unaufhaltsam zur Weltmacht aufstiegen. Eine zutiefst tragische Entwicklung.

Das Verhängnis hatte ja bereits 295 BC in der Schlacht bei Sentinum begonnen. Durch den Bannfluch und den Kamikazetod des Publius Decius Mus wurden die Kelten erstmals besiegt. Die zweite vernichtende Niederlage folgte bereits 283 BC in der Schlacht am Vadimonischen See. Die Römer gingen nun zur ersten planmäßigen Völkervernichtungsaktion auf europäischem Boden über. Sie drangen in das Siedlungsgebiet der Senonen ein, brannten alle Dörfer nieder und schlachteten hemmungslos Frauen, Kinder und Greise ab. 225 BC dann das endgültige Aus der Kelten in Oberitalien. In der Schlacht am Kap Telamon fielen vierzigtausend Insubrer, Bojer, Taurisker und Gaesaten, zehntausend wurden gefangengenommen, der Rest beging kollektiven Selbstmord. Die Friedensverträge mit den siegreichen Römern schlossen alte Männer, denn von den jungen Kriegern war kaum einer übriggeblieben. In Spanien begann der Untergang 134 BC mit der Vernichtung von Numantia. 61 BC wurden die Keltiberer endgültig von Gnaeus Pompejus unterworfen. In Gallien, dem nunmehrigen Hauptsiedlungsgebiet der Kelten, sah die Lage ebenfalls nicht rosig aus. 58 BC schlug Caesar die eingewanderten Helvetier bei Bibracte. Sechzig weitere Stämme steckten in der Schere zwischen den Römern und den von Norden vorrückenden Germanen. Durch Caesars Sieg in der Schlacht bei Mülhausen über die Germanen unter Ariovist fiel Gallien an Rom. Caesar versuchte, soviel Beute wie möglich zu machen und mit eiserner Knute das Land auszupressen. Die alten Götter hatten ihre Kraft verloren.

Steiners Herz blutete, als er sah, was die Geschichte in den Gesichtern der Menschen angerichtet hatte. Aus den ehemals unerschrockenen, lebensfrohen und trinkfreudigen Kriegern waren unfreie Bauern und bestenfalls Wirte geworden. Verraten von den eigenen Führern, die sich auf die Seite des Feindes geschlagen und zu Geldaristokraten aufgeschwungen hatten, vegetierten sie in stiller Verzweiflung und Wut über ihre verlorene Kultur. So mußten sich die nordamerikanischen Indianer gefühlt haben, nachdem ihnen der weiße Mann auf den Kopf gehauen hatte. Doch noch war der feurige Kampfeswille und der göttliche Furor nicht endgültig ausgerottet, noch brodelte es unter der Oberfläche, kündigten sich durch kleine Geplänkel die ganz großen Kämpfe an…

Steiner wußte, wie diese Kämpfe enden sollten. Es war, schlicht gesagt, ein Jammer. Doch was sollte er dagegen tun? Er, der kleine fette Lehrer aus Wien-

Ottakring, den es aus unerfindlichen Gründen in diese blutrünstige Epoche verschlagen hatte? Die Antwort war einfach: Er konnte nur seinen Traum leben und die eigenen Obsessionen und Bedürfnisse befriedigen. Verhindern oder ändern konnte er nichts. Und so freute er sich, als am dritten Tag die große Stadt in der Abenddämmerung vor ihnen auftauchte. Er stieg vom Pferd und fiel augenblicklich in einen tiefen Erschöpfungsschlaf.

Das Oppidum der Vindeliker lag kreisrund in der Ebene, zum Teil vom Hauptarm der Donau und einem kleinen Fluß, der heutigen Paar, umrundet. Da Robert Steiner vor Zeiten die Grabungsberichte gelesen hatte, hatte er eine Menge Zahlen im Kopf, die jetzt bestätigt wurden.

Die aus Kalksteinen und Holzbalken errichtete Stadtmauer war sieben Kilometer lang und umschloß eine Fläche von 380 Hektar. Zur Errichtung dieses gigantischen Bauwerks waren 17000 Kubikmeter Holz, 120000 Tonnen Steine und 84000 Kilogramm Eisennägel nötig gewesen. Das alles hatten Tausende Arbeitskräfte mit den primitivsten Werkzeugen in jahrelanger Arbeit zusammengebaut. Hinter dem Murus gallicus gab es noch einen vier Meter hohen und zwanzig Meter breiten Erdwall, in den vier überbaute Tore eingelassen waren. Die Kreisform der Anlage, für die man die Paar und zwei Bäche umleiten hatte müssen, war eine Reminiszenz an das Rad des Himmelsgottes Taranis, mit dem Steiner ja bereits persönlich zu tun gehabt hatte. Außerhalb des Rings befanden sich eine lange Reihe von Schmelzöfen und hohe Schlackenberge. Die gigantischen Bauanstrengungen hatten sich gelohnt, denn jetzt hatte man nicht nur ein verkehrsgünstig gelegenes Handelszentrum, sondern auch eine Festung, die nur schwer zu erobern war.

Steiners Ankunft fiel auf den 1. November, der den Winteranfang und somit den ersten Tag des neuen Jahres markierte, oder genauer gesagt: die erste Nacht des neuen Jahres, denn die Kelten zählten nicht die Tage, sondern die Nächte. Er fluchte insgeheim, denn zu diesem denkwürdigen Datum fand das Samain-Fest statt, das zentrale Ereignis der keltischen Gemeinschaft, an dem, im Gegensatz zum Beltaine-Fest, jeder Volksgenosse teilnehmen mußte, da er ansonsten laut Überlieferung wahnsinnig geworden und gestorben wäre. Alles recht und gut, dachte Steiner, schöner Brauch, aber wie soll ein ungeduldig Liebender unter diesen Menschenmassen seine angebetete Geliebte finden? Wo würde sich ein stilles Plätzchen für ihr Schäferstündchen auftun lassen? Als Zeitreisender in Sachen Liebe hat man es wirklich nicht leicht. Bei Tagesanbruch machte er sich verdrossen auf die Suche nach Viviane.

Die Innenfläche des Oppidums war mit einem breiten Straßenkreuz durchzogen. Das Zentrum der vier Achsen war dicht besiedelt, während sich rundherum ein breiter Wiesengürtel mit Gärten und Viehkoppeln spannte. Auf dieser Grünfläche war nun geschlagene drei Tage lang der Teufel los, hier gaben sich zehntausend Menschen den wüstesten Ausschweifungen hin. Es wurden Versammlungen abgehalten, um politische, ökonomische und religiöse Angelegenheiten zu besprechen, aber es fanden auch endlose Festgelage, Schauspiele und Wettkämpfe statt.

Steiner kannte diese wahnwitzigen Volksfeste ja bereits, doch heute war ihm alles zuwider. Die besoffenen Bauern in ihren grobgewebten Kitteln, die rauflustigen Equites, die elegant gekleideten Bürgersfrauen, die zerlumpten, mit halbwilden Hunden herumtollenden Kinder. Er interessierte sich weder für die Pferde- und Wagenrennen noch für die Sänger- und Handwerkerwettkämpfe, ja, nicht mal die dramatischen Darstellungen der keltischen Urmythen bedeuteten ihm was. Um die Platten mit dem dampfenden Schweinefleisch und die endlosen Batterien von Weinamphoren machte er einen weiten Bogen und schlug konsequent jede Einladung zur Verbrüderung aus. Er hatte den weiten Weg durch Raum und Zeit ja nicht auf sich genommen, um sich zu besaufen und mit ekligem Schweinefleisch vollzustopfen, sondern um sich mit der Großen Göttin zu vereinen. War ihm das erst gelungen, wollte er langsam wieder ans Heimkehren denken, denn das Leben hier wurde ihm langsam etwas zuviel. Die Sensationen überstiegen einfach die Möglichkeiten eines schwachen und ängstlichen Ichs des ausgehenden zwanzigsten Jahrhunderts. Wer war er denn schon? Ein sexuell frustriertes Würstchen, das Erfüllung und Heilung in einem Hirngespinst suchte. Ein kranker Mensch, der sich verirrt hatte. Ein Schwächling, der vor der geballten rohen Manneskraft rings um ihn herum die Hosen voll hatte. Ein Idiot.

Je länger er nach Viviane Ausschau hielt, ohne sie zu entdecken, desto verlorener fühlte er sich. In welcher Gestalt, fragte er sich verzweifelt, würde sie ihm denn diesmal erscheinen? Wie sollte er sie unter diesen Tausenden von Frauen erkennen? Das war übrigens schon immer sein großes Problem gewesen: Es gab einfach viel zu viele Frauen auf der Welt, so daß man als Mann komplett den Überblick verlor und vollkommen verrückt wurde. Welche war denn nun die Richtige? An wen sollte man sich wenden? Und andererseits: Wer wollte einen überhaupt? Auf Schritt und Tritt war man mit solch schwierigen Fragen beschäftigt, ständig sprangen einen sekundäre Geschlechtsmerkmale an, aber er hatte das ewige Suchen und Gaffen satt. Wenn er nicht bald auf Viviane stieß, würde er einfach... Ja, was würde er tun? Wie konnte er diesem hormongesteuerten Alptraum entkommen? Nichts konnte er tun! Die Erkenntnis, daß er womöglich bis an sein Lebensende in diesem brutalen Schattenreich bleiben mußte, versetzte ihn in Panik.

Plötzlich begann er wie von Sinnen zu laufen und wäre beinahe von dem Reiter niedergestoßen worden, der in einer mythischen Darstellung vor dem kosmologischen Schlangenei auf der Flucht war. Zitternd und bebend fragte er sich dann, wo er hinsollte? Wohin, verdammt? Wo wartete Viviane mit ihren Lenden und all dem anderen Zeug auf ihn? Im bebauten Teil der Stadt ging er, nach Atem ringend, in die Knie und brüllte hysterisch: Viviane, wo steckst du denn schon wieder? Zeige dich! Viviane, errette mich doch endlich aus der Not!

In der Stille der nun verlassenen Häuser hallte seine Stimme schaurig wie Wolfsgeheul. Er biß sich auf die Lippen und blickte sich verschämt um, ob ihn auch niemand beobachtet hatte. Was war er doch für ein kleinmütiger Mensch! Rastete bei der kleinsten Schwierigkeit aus, anstatt eisern und cool sein Ziel zu verfolgen. Welch jämmerliche Vorstellung! Er konnte nur hoffen, daß Viviane nicht soeben seine wahre Natur erkannt hatte und gerade ihre Meinung von seiner Großartigkeit änderte. Dann wären alle Anstrengungen und lebensgefährlichen Abenteuer umsonst gewesen. Dann konnte er einpacken und ewig der gottlose Narr bleiben, der er war.

Wie es aussah, hatte niemand seinen Anfall mitbekommen. Keine neugierigen Blicke, keine hämisch grinsenden Gesichter und auch keine Viviane. Noch einmal Glück gehabt. Obwohl, überlegte er, war es nicht logischer, sich zum großen Liebesakt in einer verlassenen Stadt zu treffen anstatt auf einem überlaufenen Rummelplatz? Warum hatte er nicht schon früher daran gedacht? Und wenn er schon mal hier war, konnte er auch gleich einen Stadtbummel machen und bei der Gelegenheit auf seinen Schatz stoßen. Vielleicht hatte Viviane eine Wohnung in der Gegend. Wieder halbwegs mit sich versöhnt, schlenderte er los.

Der Wohnbezirk, in dem er gelandet war, erinnerte an einen Termitenhaufen. Eng beisammen standen kleine Pfostenbauten mit schilfgedeckten Giebeldächern, die Wände aus Flechtwerk, mit Lehm verputzt und weiß gestrichen. Daneben lagen große Vorratsgruben, die mit Steinen und Holz ausgekleidet waren und hauptsächlich geräuchertes Getreide enthielten. Zwischen den Hütten gab es Abzugsrinnen für das Regenwasser, die mit Holzbohlen überdeckt waren.

Während er über diese vernünftigen Konstruktionen schlurfte, erwachte in Steiner wieder die alte, fiebrige Erregung des Forschers, der sich auf fremdes Territorium vorwagt. Weg mit den kindlichen

Ängsten und der Feigheit! Immerhin war er der einzige moderne Mensch, der in Europa eine archaische Siedlung mit eigenen Augen zu sehen bekam. Eine Angelegenheit von unschätzbarem Wert, eine ungeheure Auszeichnung. Er schaute sich alles ganz genau an, um später beredtes Zeugnis ablegen zu können. Im Fernsehen und vor diversen Akademien.

Von den bescheidenen Unterkünften der Plebs und der kleinen Handwerker gelangte er in eine Gegend, die offensichtlich dem Adel vorbehalten war. Auf abgeschlossenen Hofarealen standen da prächtige Herrenhäuser mit großen Hallen, weitläufigen Stallungen und schönen Gärten. Daneben gab es hinter den wandartigen Zäunen auch merkwürdige, schlauchartige Gebäude, deren Verwendungszweck er lange nicht eruieren konnte. Als er aber immer wieder eine Menge Werkzeuge sah, kam er darauf, daß es sich nur um große, spezialisierte Werkstätten, also um Manufakturen handeln konnte. Das hieß, daß man bereits zur Massenfertigung übergegangen war, daß der Adel in einer frühen Form des Kapitalismus Gefolgsleute und Sklaven in seinen Schmieden, Glasmanufakturen, Töpfereien, Schneidereien, Eisenverarbeitungsbetrieben, Schmuck- und Bernsteinwerkstätten und in den Münzprägereien arbeiten ließ, daß man auf Vorrat produzierte, was wiederum große Handelsnetze und Spediteure voraussetzte. Erstaunlich, erstaunlich! In einer Lagerhalle sah er gestapelte Mühlsteine aus Porphyr und Basalt, in einer anderen kunstvoll gearbeitete Hirschhorngriffe für Messer. Dann schreckten ihn plötzlich ein Klirren und ein unheimlich klingendes Stimmengewirr auf. Er beugte sich neugierig über den Zaun und zuckte heftig zurück, denn damit hatte er nicht gerechnet.

Was er sah, war die reinste und brutalste Metapher für den Kapitalismus, die man sich vorstellen kann. In einer riesigen Grube hockten da die Arbeitskräfte, elende, abgerissene Gestalten, mit Halsringen aneinandergekettet, die stumpfen Blicke in hündischer Unterwürfigkeit zu dem Voyeur erhoben. Da ein Festtag war, mußten sie nicht arbeiten, aber Steiner fand den Anblick trotzdem schlimm genug. Noch bevor ihn die Wächter, die im Hintergrund mit einem Würfelspiel beschäftigt waren, entdeckten, rannte er davon. Weg von diesem Mini-KZ, das grauenhafte Assoziationen in ihm weckte. Fort aus einer Zeit, in der die Menschlichkeit noch nicht erfunden war. Doch wohin? Wie die Geschichte zeigen sollte, würde die Menschlichkeit ja nie erfunden werden. Es wurden nur die Methoden der Menschenvernichtung verbessert und rationalisiert. Die Barbarei hatte niemals ein Ende.

Während er sich zur Mittagsstunde aufgewühlt und noch immer im Laufschritt dem Tempelbezirk näherte, wunderte sich Steiner nur noch, daß man nicht auch ihn schon längst in die Sklaverei verschleppt hatte. Welcher Schutzengel hatte ihm wohl dieses undankbare Los erspart? Ach, Viviane!

Der Tempelbezirk bestand aus einigen runden und achteckigen Heiligtümern aus Holz. Auf der Wiese daneben fand gerade eine Ratsversammlung statt, zu der sich alle Stammesfürsten, prächtig gekleidete, stolze Krieger, eingefunden hatten. Wie Steiner bald herausfand, sollte unter dem Vorsitz der Druiden ein neuer König gewählt werden, nachdem man den alten hingerichtet hatte.

Der König verkörperte die Einheit der keltischen Gesellschaft und war für die Fruchtbarkeit und das Gedeihen seines Volkes verantwortlich. War er dieser Aufgabe nicht gewachsen, wurde er abserviert. Da er die irdische Macht jedoch nur ausüben konnte, indem er die Pläne der Götter verwirklichte, waren bei der Wahl als Mittler die Druiden von größter Bedeutung. Nur der Kandidat, der ihre Zustimmung fand, konnte in Amt und Würde kommen. Bei der jetzigen politischen Situation war der erstrebenswerte Posten eher ein Himmelfahrtskommando, und so suchte man verzweifelt nach einem Mann von höchster Reife und Integrität, der alle erforderlichen Prüfungen bestanden hatte.

Die hitzigen Debatten erfolgten nach genau festgelegten Regeln. Unterbrach jemand den Diskussionsredner, wurde er vom Ratsdiener zur Ordnung gerufen. Gehorchte er der Aufforderung nicht, wurden ihm von den anderen Delegierten Teile seines Mantels abgeschnitten, bis das Sagum nicht mehr zu gebrauchen war. Ein besonders eifriger Fürst stand bereits gänzlich ohne Mantel da.

Steiner mußte schmunzeln, als ihm der Gedanke kam, daß bei Durchführung dieses Modus in einem europäischen Parlament wohl die meisten Abgeordneten nackt in den Bänken sitzen würden. Dann konzentrierte er sich aber wieder ernsthaft auf die Diskussion, denn die Entscheidungen, die hier und anderswo getroffen wurden, waren von weitreichender Bedeutung für den gesamten Verlauf der weiteren europäischen Geschichte.

Offenbar hatten sich im Rat zwei Parteien gebildet, und der Streitpunkt war, ob man sich auf die Seite der Römer oder doch lieber auf die der Germanen schlagen sollte. Während die älteren Aristokraten mehr für die Römer plädierten, um in den Genuß ihrer verfeinerten Lebensart zu kommen und gemeinsam das eigene Volk auszubeuten, fühlten sich die jüngeren mehr zu den Germanen hingezogen, die in der Wesensart die keltischen Ideale von Kraft und Mut verkörperten und, als die blonden Hünen, die sie waren, praktisch die besseren Kelten darstellten. Gemeinsam würde man ein für allemal die aufstrebenden Bürokraten aus dem Süden vernichten und zu den alten, mannhaften Tugenden, Werten und Göttern zurückkehren.

Steiner war nun Feuer und Flamme. Er wollte gerade herausschreien, die keltischen Völker sollten sich unbedingt für die Germanen entscheiden, denn die Römer würden sie erbarmungslos zur Sau machen, als sich eine Hand auf seine Schulter legte. Er fuhr herum, und da stand Viviane. Viviane aus Fleisch und Blut. Der Kreis hatte sich geschlossen.

Was dann folgte, war wahnwitziger und unglaublicher, als es sich Steiner in seinen kühnsten Vorstellungen hätte träumen lassen. Viviane sah genauso aus wie in dem Ballsaal, wo alles begonnen hatte, nur daß sie nun anstelle des Ballkleids einen eleganten Jagdanzug aus Hirschleder trug. Sie begrüßte Steiner mit Tränen in den Augen wie den verloren geglaubten Geliebten, der nach Jahren aus der Schlacht heimkehrt, bedeckte sein zerschundenes Gesicht mit Küssen und führte ihn dann an der Hand in einen achteckigen Tempel. Im Kraftfeld des geweihten Ortes schienen die Kleider von selbst von ihnen abzufallen und sich die begierigen Leiber automatisch zu verschmelzen. Vivianes heiße Haut leuchtete wie Alabaster, Steiner fühlte sich so groß wie ein Berg. Nun selbst zum Gott geworden, schleuderte er seine Blitze in ihre Grotte, die der Ursprung allen Lebens war. Himmel und Erde feierten, von animalischen Lustschreien begleitet, ekstatische Hochzeit.

Sie mußten sich wohl wie im Rausch stundenlang geliebt haben, denn es wurde schon Abend, als sie endlich voneinander abließen und vor Erschöpfung in einen seligen Schlaf fielen. Wenig später wurden sie jedoch schon wieder von dem schrillen Schrei einer Stute geweckt.

Ah, hört, mein Liebster, flüsterte Viviane, sie haben ihren König gefunden. Doch das wird ihnen nichts nützen, denn der wahre König liegt an meiner Seite.

Steiner blickte sie verliebt, aber verständnislos an. Sie zog ihn zärtlich vom Altar hoch und führte ihn hinaus. Im Freien bot sich ihm ein befremdliches Schauspiel.

Der frisch gewählte König empfing vor versammeltem Volk gerade seine Macht, indem er die Gottheit, die in Form einer weißen Stute erschienen war, heftig begattete. Nachdem er seinen Samen in das Tier gespritzt hatte, wurde es zerteilt und in Wasser gekocht. Der König badete in der Brühe, trank davon, aß vom Fleisch und gab den Rest an das Volk weiter. Bei Einbruch der Nacht begann dann die allgemeine Orgie.

Seht nur, Geliebter, sagte Viviane, wie glücklich sie sind. Sie denken, nun sei der Sieg ihrer, doch das ist falsch. Der Sieg wird nur mit einer Geheimwaffe zu erringen sein.

Steiner hatte die Zeremonie völlig teilnahmslos verfolgt, doch im Grunde konnte er die ungustiöse

Darbietung des Königs nur als Affront gegen sich selbst werten. Kaum hatte er Erfüllung gefunden, mußte ihm der Kerl alles verderben. Er fragte angewidert: Mit einer Geheimwaffe?

Ja, mein tapferer und feuriger Held, hauchte Viviane, und die Geheimwaffe seid Ihr. Ihr werdet unser Volk vom Untergang erretten und zum Sieg führen. Deshalb habe ich Euch aus dem fernen Land geholt und zu dem gemacht, was Ihr nun seid. Ihr seid der Garant für den Sieg. Lang lebe das keltische Volk!

Steiner schlug verzweifelt den Blick zu Boden. Viviane lächelte mild.

III
GAULOISES

Claus Ostwald beendete, schon ganz heiser, den letzten Satz, blickte von seinem Manuskript auf und sagte: Meine Damen und Herren, ich danke für Ihre Aufmerksamkeit.

In dem mit Oleander geschmückten Saal des Kongreß- und Kulturhauses von Hallstatt, in dem sich an die fünfzig Literaturinteressierte zur Lesung eingefunden hatten, war es totenstill. Nur in der letzten Reihe brabbelte ein Betrunkener vor sich hin und begann plötzlich unvermittelt zu klatschen. Nun war der Bann gebrochen, und die erschöpften Zuhörer fielen, mehr aus Höflichkeit denn aus Begeisterung, in den Beifall ein. Der Vortrag hatte mit einer kurzen Pause geschlagene zwei Stunden gedauert.

Ostwald erhob sich hinter dem Stahlrohrtisch und deutete grinsend eine Verbeugung an. Er trug eine weiße Leinenhose, weiße Turnschuhe und einen weiten hellblauen Shetland-Pullover mit V-Ausschnitt. Hätte er noch ein Tennisracket bei sich gehabt, hätte er ohne weiteres in einen Visconti-Film gepaßt. Helmut Berger konnte er allemal das lachsrote Frotteehandtuch reichen. Nur wer ihn sehr gut kannte, sah die Anstrengung hinter der strahlenden Fassade.

Der Veranstalter, der nun auf den Plan trat, störte die mondäne Optik empfindlich. Besonders schlimm waren sein Steireranzug und das Katastrophengebiß. Er sagte in einem gläsermordenden Falsett: Wir danken Claus Ostwald für die interessante Lesung. Sollte es Fragen geben, steht der Dichter jetzt zur Diskussion zur Verfügung. Bitte, wer möchte als erster?

Auf dieses Stichwort hin verließ gleich die Hälfte des Publikums den Saal. Die Verbliebenen betrachteten mit großem Interesse ihre Schuhe.

Also bitte, meine Damen und Herren, hüstelte der Veranstalter, Sie brauchen wirklich kein Blatt vor den Mund zu nehmen. Herr Ostwald hat ja einige Zeit in unserer Gemeinde gelebt und steht in seiner dichterischen Laufbahn noch ziemlich am Anfang. Er ist, und da wird er mir gar nicht böse sein, kein Marquez und auch kein Ransmayr. Also nur zu. Stellen Sie Ihre Fragen, sparen Sie nicht mit Kritik.

Wotan! brüllte der Betrunkene. Die Germanen haben das Pferd angebetet!

Gelächter.

Na, sehen Sie, freute sich der Veranstalter, nun ist das Eis gebrochen. Gibt es weitere Kommentare? Ah, unsere liebe Frau Huber, die, nebenbei bemerkt, in sehr vorbildlicher Weise unser Prähistorisches Museum betreut, meldet sich zu Wort. Frau Huber, wir bitten um Ihren Diskussionsbeitrag.

Frau Huber, die im pinkfarbenen Seidenoverall und mit aufwendiger Fönfrisur sehr hübsch anzusehen war, stand auf und sagte: Also, ich muß sagen, mir hat der Text, wenn er auch fast ein wenig zu lang war, ganz ausgezeichnet gefallen. Wie er den Alltag und die Spiritualität, das Wesen und die Geschichte der Kelten beschreibt: großartig! Man möchte meinen, er ist wirklich dabeigewesen.

Ja, brüllte der Betrunkene, aber die Germanen

haben das Pferd angebetet! Wotan! Gibt's denn da kein Bier?

Im erneuten allgemeinen Heiterkeitsausbruch schraubte sich ein kleiner, rundlicher Mann hoch, der ein T-Shirt mit der Aufschrift NEXT SEX I LIKE THE CELTS BEST trug. Nachdem er eine kalte Falstaff-Zigarre aus dem Mund genommen hatte, sagte er dröhnend: Meine sehr verehrten Damen und Herren, erlauben Sie, daß nun auch ich mich vorstelle. Mein Name ist Robert Steiner. Ich bin es, der die harte Tour hinter sich hat, ich, nicht er.

Die Zuhörer schauten ihn verständnislos an. Der Betrunkene brüllte: Wotan! Bist du es wirklich? Bring mir ein Gulasch und ein Seidel Bier! Lebenselixier!

Nun schien die Veranstaltung doch noch ein Erfolg zu werden. Steiner setzte sich eine Sonnenbrille auf, auf der rote Lämpchen blinkten, und wandte sich an den grinsenden Ostwald: Mein lieber Clint Eastwood, da hast du mich ja ganz schön durch den Kakao gezogen. Findest du das witzig?

Touché! Ostwald steckte sich mit einem Zippo-Feuerzeug eine Gauloise an und setzte gegen seine innere Anspannung ein charmantes Lächeln auf. Ich begrüße ganz besonders herzlich meinen Freund Robert Steiner, sagte er dann, der mich zu der soeben gehörten Geschichte inspiriert hat, für die sich übrigens bereits ein Verleger interessiert. Wie geht's dir, Dicker? Was machen die Frauen?

Kann nicht klagen. Göttinnen gibt's ja wie Sand am Meer.

Das hört man gern. Und im übrigen: Nicht durch den Kakao, durch die Frühgeschichte habe ich dich gezogen.

Da muß ich aber ganz entschieden protestieren! Herr Leingartner, erteilen Sie doch auch mal mir das Wort, bevor das hier noch zum reinen Kasperltheater ausartet. Ich hätte auch einiges zu sagen.

Die schneidende Stimme gehörte einem alten Herrn, der mit dem weißen Spitzbart und der paramilitärischen Safarikleidung stark an Konrad Lorenz erinnerte. Seinem Gesichtsausdruck nach zu schließen, war er leicht verstimmt.

Der Veranstalter, froh, nun wieder die Führung an sich reißen zu können, bat händeringend um Stille und warf sich vor Oberstudienrat in Ruhe Professor Dr. Glanzmayr förmlich auf die Knie. Herr Professor, hechelte er, Sie haben das Wort. Wir warten gespannt auf Ihre geschätzte Meinung.

Der Professor sammelte einen Moment lang mit geschlossenen Augen all seine Kräfte, warf dann Ostwald einen Blick zu, als wollte er ihn mit bloßer Willenskraft in die Luft sprengen, und legte los: Junger Mann, was Sie uns hier aufgetischt haben, ist, gelinde gesagt, unerhört, und ich will das nicht unwidersprochen hinnehmen. Sie tun der Geschichte und der Menschlichkeit Fürchterliches an, indem Sie, erstens, ein blutrünstiges Barbarenvolk, das dem Dunkel der Vorzeit entstammt, zu edlen Wilden hochstilisieren. Zweitens, ein klassisches Kulturvolk wie die Römer, die immerhin mit den Griechen unsere westliche Zivilisation begründet haben, als Deppen und Kriegsverbrecher hinstellen, die nicht...

Klassisches Kulturvolk? höhnte Frau Huber. Und die Gladiatorenkämpfe? Und die Christenverfolgung? Und die vielen Menschen, die man der Show wegen den wilden Tieren zum Fraß...

Drittens, bellte der Professor, indem Sie regelrechten, tausendfachen Mord religiös verbrämen. Indem Sie abergläubischen Hokuspokus über die Erkenntnisse unseres wissenschaftlich-technischen Zeitalters stellen. Indem Sie die Humanität mit Füßen treten. Dieses Gedankengut hat, wie Sie vielleicht wissen, vor nicht allzu langer Zeit Millionen Menschenleben gefordert. Und Sie tun...

Jawohl, Herr Obersturmbannführer! schnarrte Steiner. Was Friedrich Nietzsche die Hellenen waren, sind uns die Kelten. Lang lebe das Neuheidentum!

Das ist doch alles Scheiße! brüllte der Betrunkene. Die Germanen haben das Pferd angebetet, und ich bete das Bier an. Habe die Ehre! Er tippte sich fahrig an die glänzende Stirn, wankte zum Ausgang und knallte die Tür hinter sich zu.

In das nachfolgende Schweigen hinein sagte Ostwald: Bevor ich dem Beispiel dieses weisen Mannes folge, möchte ich doch noch etwas zu den gegen mich erhobenen Vorwürfen sagen und die Optik zurechtrücken. Also hören Sie zu, Professor: Der Gallische Krieg, der von ihren geliebten Römern gegen meine Favoriten geführt wurde, war der größte Völkermord der Antike. Ein imperialistischer Eroberungsfeldzug, um Energie zu gewinnen, denn was heute das Öl ist, waren damals die Sklaven. Das Ergebnis waren eine Million Tote, darunter Frauen, Kinder und Greise. Ein Drittel der waffenfähigen Bevölkerung ausgerottet. Ein weiteres Drittel versklavt. Und das alles, damit der ehrenwerte Caesar seine persönlichen Schulden bezahlen und die wahlberechtigte Bevölkerung in Rom bestechen konnte. Soviel zu Ihrem Kulturvolk.

Unsinn, zischte der Professor.

Vom Gallischen Krieg, fuhr Ostwald fort, handelt übrigens das nächste Kapitel meines Romans. Und was den abergläubischen Hokuspokus der Frühzeit und die Humanität des wissenschaftlich-technischen Zeitalters betrifft, das ist wiederum eine ganz andere Frage. Das erkläre ich Ihnen in der nächsten Stunde.

Gut gesprochen! applaudierte Steiner. Claus Ostwald, er lebe hoch!

Ganz meine Meinung, schloß sich Frau Huber an.

Das versteinerte Antlitz des Professors war von Gewitterwolken umhüllt, als er sprach: Wenn Sie das alles wirklich im vollen Ernst glauben, junger Mann, muß ich sehr an Ihrem Geisteszustand zweifeln. Sie verkaufen sich unter Ihrem Wert.

Ostwald warf die blonde Mähne zurück, ließ die blauen Augen aufblitzen und erwiderte grinsend: Ich verkaufe mich nicht unter meinem Wert, ich bin wirklich so billig.

Dann habe ich hier nichts mehr verloren! Der Professor ging wutschnaubend ab, und wenig später löste sich die Versammlung auf. Der Veranstalter knallte Ostwald wortlos das Kuvert mit der Gage auf den Tisch und rannte dem Professor händeringend hinterher.

Guter Vortrag, Brigadier! Steiner, der sich links und rechts Oleanderblätter in die Sonnenbrille gesteckt hatte, was entfernt an einen römischen Imperator erinnerte, klopfte Ostwald auf die Schulter. Ich habe dich bereits in der Anderen Welt gewähnt, sagte er dann, und statt dessen hältst du hier, das blühende Leben, volksverhetzende Reden. Ich habe deinen Auftritt der Lokalpresse entnommen. Wo hast du die ganze Zeit gesteckt, Brigadier? Ich habe mir wirklich Sorgen gemacht.

Braver Junge, sagte Ostwald und strich Steiner über den kugelrunden Kopf. Ich habe gesehen, wie du auf der Suche nach mir in diesem schmucken Städtchen gelandet bist. Dein überraschendes Erscheinen hat eine Initialzündung in mir ausgelöst. Du und diese komische Punkerin aus London: Plötzlich wußte ich, was ich schreiben wollte. Gleichzeitig war mir aber auch klar, daß ich für mich bleiben mußte und nichts zerreden durfte. So bin ich, noch bevor wir uns über den Weg laufen konnten, nach Obertraun übergesetzt, um dort mein weltbewegendes Epos über deine Abenteuer zu schreiben.

Zuviel der Ehre, sagte Steiner mit mühsam unterdrückter Wut. Das heißt also, du hast mich mit voller Absicht wie einen Vollidioten herumlaufen und nach dir suchen lassen. Meine Gefühle waren dir nicht mal eine Begrüßung und ein paar Worte wert. Du hast nur…

Tut mir leid, unterbrach ihn Ostwald, aber die Kunst geht über jegliches Mitleid. Maxim Gorki. Ich wußte, daß ich nichts schreiben würde, wenn ich auch nur ein Bier mit dir trinke. Schriftsteller können da sehr eigen sein.

Natürlich, sagte Steiner schnippisch, und dieser phantastische Text rechtfertigt ja auch jedes Opfer. Ich bin wirklich froh, daß du meinen richtigen Namen verwenden mußtest.

Wo bleibt denn plötzlich dein Humor? Ostwald grinste. Du könntest das Ganze ja auch von der heiteren Seite sehen.

Steiner nahm die blinkende Sonnenbrille mit den Blättern ab, zog aus einer Mappe ein blaues Quartheft heraus und drückte es Ostwald in die Hand. Was ist damit? sagte er. Wie geht es den weißen Blutkörperchen?

Ostwald ließ das Tagebuch kurz durchflippen und sagte: Ich habe mir schon gedacht, daß du die Geheimaufzeichnungen mitgenommen hast. Du wirst es nicht für möglich halten, aber ich fühle mich wieder vollkommen gesund. Keinerlei Beschwerden.

Steiner blickte ihm fest in die Augen und sagte: Bist du dir da auch ganz sicher?

Völlig sicher! Ostwald grinste. Keine Zeit zum Sterben mehr, jetzt, wo ich meine wahre Berufung entdeckt habe. Und jetzt mach kein so finsteres Gesicht. Viel wichtiger ist doch, wie wir unser glorreiches Wiedersehen feiern. Was wollen wir unternehmen, Dicker?

Ich hätte da eine Idee, sagte Frau Huber, die sich lautlos angepirscht hatte. Wenn Sie meine Gegenwart nicht stört, würde ich Sie beide gern einladen.

Sie fuhren herum. Gute Frau, sagte Ostwald, es wird uns ein Vergnügen sein. Außerdem muß ich Ihnen noch für Ihre Schützenhilfe danken.

Nicht der Rede wert, winkte Frau Huber ab. Dieser Glanzmayr hat mich mit seinem Gesabber schon in der Schule auf die Palme gebracht. Können wir jetzt gehen?

Kurz vor elf lag Hallstatt bereits ausgestorben wie eine aufgelassene Goldgräbersiedlung im weißen Licht des Vollmondes. Die drei stiegen die Steintreppe zur katholischen Kirche hinauf und überquerten den Friedhof. Beim Gebeinhaus gab es ein knackendes Geräusch, schien ein Schatten über die Wand zu huschen.

Pst, sagte Ostwald, was war das?

Der Wind, lachte Frau Huber, wir sind ja schließlich nicht in Ihrem Text.

Sie benutzten ein Stück weit den überwucherten Soleleitungsweg und hielten dann vor drei weißgetünchten, verschachtelten Häusern, die an den Steilhang geklebt waren.

Hier sind wir, sagte Frau Huber, mein Pueblo.

Über eine Art Hühnerleiter ging es zur Eingangstür hinauf, über der eine Lampe strahlte. Hinter einem blau schimmernden Fenster des unteren Hauses hallten Pistolenschüsse und Polizeisirenen.

Nur gut, daß wir noch keine geistigen Getränke genossen haben, keuchte Steiner. Auf dem Rückweg werde ich vorsichtshalber einen Fallschirm anlegen.

Doch der beschwerliche Aufstieg hatte sich, wie sich bald herausstellte, gelohnt. Frau Huber bat ihre Gäste, einen Moment in der Diele zu warten, und zündete rasch die in ihrem Wohnzimmer verteilten Kerzen an, bevor sie rief: Die Helden dürfen jetzt eintreten!

Die Helden traten ein und standen sprachlos da wie Kinder vor dem Weihnachtsbaum. Ostwald fing sich als erster. Und das alles haben Sie eigens für uns arrangiert? fragte er. Sie sind ja wahnsinnig!

Frau Huber lächelte und sagte: Machen Sie den Mund zu, und nehmen Sie Platz. Es ist doch nur eine kleine Aufmerksamkeit für einen hervorragenden Schriftsteller und seinen Helden.

Danke, sagte Steiner.

In dem vom flackernden Kerzenschein erleuchteten Raum war eine große Tafel aus zwei niedrigen Holzböcken und einem Brett aufgebaut. Rundherum lagen Felle auf dem Boden. Steiner ließ sich ächzend nieder und betrachtete fasziniert die Platten mit goldbraun glänzendem Schweinebraten, einem ganzen Schinken und gebratenen Hühnern. In Vasen standen Mistelzweige. Ganz besonders beeindruckend waren jedoch die mit Rot- und Weißwein gefüllten irdenen Krüge und die drei Flaschen Met, die wie Bernstein glänzten. Als er entdeckte, daß nur zwei Gedecke auflagen, fühlte er sich doch etwas wie ein drittes Rad an einem Motorrad, ließ sich aber nichts anmerken.

Ein keltisches Festmahl! sagte nun Ostwald. Ich bin beeindruckt. Doch wie haben Sie das wissen können? Sie haben doch heute zum ersten Mal meinen Text gehört.

Intuition, lachte Frau Huber, besonderer Draht zu den Göttern, mediale Fähigkeiten. Zerbrechen Sie sich nicht den Kopf darüber, lassen Sie uns lieber auf Ihre Arbeit anstoßen.

Genau, sagte Steiner und füllte die Steingutbecher bis zum Rand, mach jetzt kein Theater, Brigadier. Die Frau liebt uns eben. Was sollte daran falsch sein? Er verteilte den Wein und brachte einen Toast aus: Auf, ihr Waffenbrüder und Kampfesschwestern! Rache für Gallien! Auf den Sieg!

Prost! sagte Ostwald.

Nachdem sie getrunken hatten, machten sich Steiner und Frau Huber gleich mit den Fingern über die Bratenstücke her. Ein Fest der Barbaren. Ostwald entschuldigte sich damit, daß er bereits zu Abend gegessen habe. Durch den reichlich fließenden Rebensaft befeuert, kam bald eine angeregte Unterhaltung in Gang.

Bei Teutates, rülpste Steiner, das schmeckt ja hier

noch besser als vor zweitausend Jahren in der Gallia Cisalpina. Und der rote Saft ist auch nicht von schlechten Eltern.

Nein, lachte Frau Huber und wischte sich mit dem Ärmel den Bratensaft aus dem Gesicht, der kommt aus dem hiesigen Supermarkt. Eigentlich wollte ich ja zur Feier des Tages ein ganzes Wildschwein auf den Tisch bringen, aber die sind heutzutage so schwer zu kriegen.

Fürwahr, wir leben in schrecklichen Zeiten, stöhnte Ostwald.

Ist das ein Zitat aus »Asterix und Obelix«? fragte Steiner.

Nein, aus »Max und Moritz«, du Banause!

Weil wir gerade von Literatur reden, sagte Frau Huber und lächelte Ostwald an, was war das eigentlich vorhin mit dem Verleger, der sich für Ihren Text interessiert?

Claus, sagte Ostwald. Sie können mich ruhig duzen. Wir brauchen hier ja nicht wie im »Club der einsamen Herzen« parlieren, oder?

Nein, du guter und vortrefflicher Mann, sagte Steiner. Ich bin der fliegende Robert, das ist Clint Eastwood, und wie heißt du, Baby?

Monika, sagte Frau Huber und schaute Ostwald fest in die Augen.

Ach, Monika, sagte Steiner und legte ihr einen Arm um die Schultern.

Ostwald bedeutete ihm, daß er sich anständig benehmen solle, und sagte: Das mit dem Verleger stimmt wirklich. Ich habe in der Kaiservilla in Bad Ischl einen Verlagsleiter aus München kennengelernt, der dort mit seiner vielköpfigen Familie Urlaub gemacht hat. Ich habe ihm einfach das Manuskript aufgedrängt. In der Konditorei Zauner hat er mir dann gesagt, daß er es ganz ausgezeichnet findet. Sobald ich fertig bin, soll ich ihm den Wälzer schicken. Er hat höchste Priorität.

Lüge, sagte Steiner und steckte sich eine Falstaff-Zigarre an, Eastwood lügt.

Monika legte Ostwald eine Hand auf den Arm und sagte zärtlich: Sag mir die Wahrheit, Claus.

Bei den Göttern, beteuerte Ostwald, es ist die reine Wahrheit. Was soll das verdammte Mißtrauen?

Dann gratuliere ich ganz herzlich! Monika fiel Ostwald um den Hals und küßte ihn auf den Mund.

Ja, hallo! rief Steiner, der schon einen verglasten Blick hatte. Daher weht also der Wind. Wenn das so ist, werde ich mich mit diesem blonden Göttergetränk da trösten müssen. Er öffnete den Met und nahm einen kräftigen Schluck gleich aus der Flasche.

Ostwald schleuderte ihm einen angewiderten Blick hin und sagte streng: Schweinchen Dick, laß da jetzt bloß nicht die Sau raus, okay? Benimm dich wie ein Mensch.

Aber warum denn? widersprach Monika, die wegen ihrer verräterischen Gefühlsaufwallung etwas verlegen war. Schließlich sind wir doch Barbaren. Er soll tun, was er will. Ich werde auch tun, wonach mir der Sinn steht.

Sehr richtig, grunzte Steiner. Wein, Weib und Gesang. Auf unseren Vater Dagda, den alten Saufkopf! Er nahm noch einen langen Zug und stimmte dann grölend eine Arie an: Steig auf den Hügel, Druidenschar / Späh durch die dunklen Zweige / Ob sich im klaren Silberschein / Der neue Mond bald zeige…

Bravo! applaudierte Monika. Was ist das für eine herrliche Musik?

Keltenoper »Norma« von Vincenzo Bellini, dozierte Steiner. Uraufführung 1831 an der Mailänder Scala. Baß: Robert Steiner.

Wunderschön, sagte Monika.

Und mit diesem unmusikalischen Menschen, sagte Ostwald kopfschüttelnd, muß ich die nächsten zwei Wochen Tag und Nacht verbringen. Ich hätte ihn doch lieber auf dem Scheiterhaufen sterben lassen sollen.

Steiner grölte: Bricht Norma dann den Mistelzweig im Heil'gen Haine? Und dann spöttisch: Ach ja? Clint Eastwood will mich heiraten? Du fährst mit mir in die Flitterwochen? Wohin soll denn die Reise gehen?

Nach Frankreich.

Steiner und Monika schauten Ostwald gleichermaßen verdutzt an. Monika, die sich immer unbehaglicher fühlte, leerte auf einen Zug ihren Becher und fragte: Was macht ihr denn in Frankreich?

Ostwald blies den Rauch aus seiner Gauloise in die Luft und erwiderte: Studienreise. Wir besuchen den Originalschauplatz des letzten Romankapitels. Wir fahren nach Alesia, um Caesar zu töten. Wir ziehen in den Gallischen Krieg.

Na toll, entfuhr es Monika, und ich habe gedacht... Sie biß sich auf die Unterlippe.

Ja, wirklich toll, wie du über mich verfügst, sagte Steiner wütend. Vielleicht fragst du mich mal, ob ich überhaupt mit dir nach Frankreich fahren will.

Willst du mit mir nach Frankreich fahren, um für den Roman zu recherchieren, in dem du die Hauptrolle spielst? fragte Ostwald förmlich.

Na ja, räumte Steiner ein, wenn du mich so fragst. Wann soll's denn losgehen?

Wir fliegen am Montag, Robert. Und jetzt würde ich dann gern aufbrechen. Ich fühle mich nicht so gut.

Monika zuckte merklich zusammen und schenkte mit zitternder Hand Wein nach. Claus, sagte sie dann mit belegter Stimme, kommst du bitte mal mit? Ich muß mit dir reden.

Ostwald folgte ihr in das angrenzende Zimmer.

Ja, hallo! rief Steiner. Jetzt lassen mich die sitzen.

Er öffnete die zweite Flasche Met und legte eine Platte auf: keltische Harfenmusik von Alan Stivell. Während er trank, fragte er sich, was hinter der Wand wohl gerade vor sich ging. So ein Schriftstellerleben mußte ganz schön aufregend sein, aufregender jedenfalls als das Leben eines kleinen fetten Lehrers aus Wien-Ottakring. Vielleicht sollte auch er einmal einen Roman schreiben, anstatt sich nur literarisch verarschen zu lassen.

Doch wenige Minuten später kam Ostwald schon wieder zurück und sagte: Gehen wir.

Wie bitte? sagte Steiner und tat, als würde er schlecht hören. Du willst jetzt schon gehen, wo es so gemütlich und vielversprechend ist? Du flüchtest aus dem Schlafzimmer einer Lady? Was bist du bloß für ein Schriftsteller, Brigadier?

Hinter der Wand zersprang etwas Gläsernes in tausend Teile.

Okay, sagte Ostwald mit einer merkwürdigen Stimme, dann gehe ich allein. Ich wohne im »Goldenen Hirsch«. Wir sehen uns.

Das Manuskript und das Tagebuch, sagte Steiner, aber Ostwald war schon bei der Tür draußen.

Während er die Hühnerleiter hinunterstieg, wischte sich Ostwald eine Träne aus dem Gesicht. Was nicht vorangeht, sagte er bei sich, muß verwesen.

Der mit abgetretenen Läufern belegte Holzboden knarrte unter ihren Füßen wie mittelalterliche Folterinstrumente. Sie gingen düstere Gänge mit flekkigen Wänden entlang und versuchten, so wenig wie möglich von dem muffigen Geruch im Stiegenhaus einzuatmen. Hinter einer der zahlreichen numerierten Türen plärrte ein Transistorradio *Good Night, Argentina*.

Brrr, sagte Steiner, eine gräßliche Hütte. Würde mich echt nicht wundern, wenn da Blut aus den Wasserleitungen fließt und in jeder Ecke ein Selbstmörder baumelt.

Die runde Rezeptionistin, die etwas von Andrea Ferreol hatte, schaute aus ihrem Glashäuschen heraus und sagte: *Au revoir, Messieurs.*

Au revoir, du Vettel, gab Steiner zurück. Und zu Ostwald: Hast du jemals einen derart schauderhaften Reptilienblick gesehen? Ist ja direkt unheimlich.

Jetzt mach aber mal einen Punkt, sagte Ostwald verärgert. Deine ewigen Nörgeleien gehen mir auf den Keks.

Sie traten aus dem Grand Hotel du Square hinaus und standen an der Ecke Rue Boulevard/Rue Froidevaux im 14. Arrondissement. Vor ihnen lag eine efeuüberwucherte Friedhofsmauer. Ostwald ging ein paar Schritte voraus. Seit sie in Orly gelandet waren, war er in bester Stimmung. Er war sich ganz sicher, daß ihm etwas Großes bevorstand, daß er einen hervorragenden Roman schreiben würde.

Steiner, der nun mal sein Held war, mußte er als notwendiges Übel ertragen.

Weil's wahr ist, schrie ihm der jetzt hinterher. Ich möchte ja nur wissen, warum wir uns das antun. Wir könnten schon längst in Burgund sein und unsere Arbeit aufnehmen, aber nein, wir müssen noch endlos in dieser Betonwüste herumhängen. Warum eigentlich? Ich hasse es.

Und ich liebe es, sagte Ostwald, vor der Arbeit noch zwei Tage Paris zu genießen. Und jetzt halt die Klappe, bevor du mich ernsthaft verärgerst.

Steiner trottete stumm neben ihm her, als sie die breite Rue du Maine hinuntergingen. Ein grauer Himmel über Paris. Auf dem Boulevard Montparnasse wälzten sich wahre Menschenmassen. Jeder dritte Franzose hielt wie eine eingelegte Lanze ein Baguette in der Hand. In den Restaurants wurden für das Abendessen die Gedecke aufgelegt. Vor den zahlreichen Kinos standen lange Schlangen, die von den Flics in die Schranken gewiesen werden mußten. Die Sesselreihen der Straßencafés waren fast lückenlos besetzt.

Trinken wir erst mal ein Bier, sagte Ostwald, vielleicht bessert sich dann deine Laune.

Ja, sagte Steiner, obwohl denen ihr Bier sicher grauenhaft schmeckt. Das Beste, was die hier haben, sind diese blauen Zigarettenpackungen mit dem geflügelten Gallierhelm.

Da bin ich anderer Meinung, erwiderte Ostwald. Mir gefallen am besten die Toiletten, wo nach jedem Schiß automatisch die Klobrille ausgewechselt wird.

Gewonnen, lachte Steiner. Brigadier, ich sehe schon, wir verstehen uns. Woher dieses tumbe Volk sein Selbstverständnis bezieht, eine große Nation zu sein, ist mir zwar schleierhaft, aber jetzt Schluß damit. Genießen wir halt in Gottes Namen unsere Tage im Feindesland.

Sie ließen sich in von Plastikpalmen umrankte Korbstühle fallen, schnippten nach einem der rotgekleideten Kellner, pafften Gauloises und Falstaff-Zigarren, tranken das sündteure Bier und beobachteten träge die Flaneure, die sich wie auf einer Bühne bewegten. Für die meisten hatte Steiner eine vernichtende Kritik parat.

Warum haßt du die Franzosen eigentlich so? fragte Ostwald.

Ich hasse sie nicht, gab Steiner zurück, ich finde sie einfach nur arrogant, schäbig und dumm. Das ist alles. Muß wohl mal schlechte Erfahrungen mit dem Gesocks gemacht haben. Vielleicht in einem früheren Leben.

Ich liebe Paris, sagte Ostwald. Das halbe Jahr, das ich mit Nadja hier gelebt habe, war die glücklichste Zeit meines Lebens. Deshalb möchte ich alles noch einmal sehen, bevor ich... Eigentlich wollte ich heute abend ja ins Deux Magots und ins Café Flore, wo wir immer gefrühstückt haben. Wir haben ja am Boulevard St.-Germain gewohnt.

Du sentimentaler Blödian! sagte Steiner. Das ist wieder mal typisch für dich, daß du noch immer dieser treulosen Seele nachweinst, dieser halbverhungerten Ziege, anstatt sie endgültig in den Wind zu schießen und was Neues anzufangen. Du bist so was von...

Jetzt fang doch nicht schon wieder damit an, sagte Ostwald matt.

Steiner blies ihm eine Rauchwolke ins Gesicht und sagte: Gerade jetzt fange ich damit an, und du wirst mir gefälligst zuhören! Ich habe das ewige Herumlavieren satt. Jetzt wird mal Klartext geredet. Also hör zu, Brigadier: Die Monika Huber ist eine äußerst attraktive, intelligente und begehrenswerte Frau. Und was noch wichtiger ist: Sie liebt dich aus ganzem Herzen, ja, sie vergöttert dich! Du kannst dir überhaupt nicht vorstellen, wie fertig sie war, weil du sie wie den letzten Dreck behandelt hast. Ich habe all meinen Charme, mein Einfühlungsvermögen und meine menschliche Reife aufwenden müssen, um sie halbwegs zu trösten. Und ich habe versprochen, mich bei dir für sie zu verwenden. Ich bin der Postillon d'amour, und ich werde euch zwei Hübschen, da kannst du Gift drauf nehmen, zusammenbringen. Daran gibt's nichts zu rütteln. Da fährt die Eisenbahn drüber. Als Liebespfand habe ich ihr übrigens dein Manuskript und das Hallstätter Tagebuch dort gelassen.

Jaja, das hast du mir schon dreimal erzählt, sagte Ostwald gequält. Bist du jetzt bald fertig mit dem Käse? Du weißt genau, warum ich mit der Frau nichts anfangen will.

Nein, weiß ich nicht! Ich möchte ja nur wissen, was du ihr gesagt hast, daß sie so aus dem Häuschen war.

Nichts habe ich ihr gesagt, verdammt noch mal, brauste Ostwald auf, nur was du eben sagst, wenn eine Frau scharf auf dich ist, die du dir vom Hals halten willst. Aber davon hast du natürlich keine Ahnung. Monika, habe ich gesagt, ich hab dich wirklich gern, aber es würde nicht klappen mit uns zwei. Je weniger du von mir weißt, desto besser. Du bist stark, habe ich gesagt, du wirst darüber hinwegkommen.

Na großartig! sagte Steiner. Wenn du so was in deinem Roman schreibst, kannst du dich gleich wieder um einen Job als Werbefritze anstellen.

Ostwald wurde blaß und umklammerte sein Bierglas. Was geht denn dich das alles eigentlich an? fauchte er. Warum kümmerst du dich nicht um deinen eigenen Scheiß? Ich will im Moment keine Frau, und damit basta!

Und warum nicht? Steiner ließ nicht locker.

Wozu eine Frau lieben? dozierte Ostwald. Um neue Nahrung für den Tod zu schaffen?

Du hast auch schon mal besser bei unseren keltischen Volksgenossen geklaut, Brigadier.

Okay, räumte Ostwald ein, ich will keine Frau, der ich im Kaffeehaus den Kaffee zahlen muß. Die hinter mir steht, wenn ich mir die Zähne putze. Die im Nebenzimmer lärmt, wenn ich in den »Vier Zweigen des Mabinogi« lese. Ich will meinen Roman fertigschreiben, solange ich noch kann. Der hat höchste Priorität. Ich muß meine Kräfte konzentrieren. Ich kann doch nicht…

Warum nicht? schnitt ihm Steiner das Wort ab. Das eine schließt doch das andere nicht aus. Warum sollte ein Schriftsteller nicht auch eine Frau lieben? Wenn das jeder Straßenbahnschaffner fertigbringt?

Ich bin aber tatsächlich krank! schrie ihn Ostwald an. Ich habe nicht unbegrenzt Zeit. Ich bin nicht du oder irgendein x-beliebiger Hausmeister.

Okay, sagte Steiner ruhig, jetzt sind wir beim Punkt. Das wollte ich dir schon lange sagen: Du bist tatsächlich krank, weil du krank sein willst. Du hast dich in diese ordinäre Krankheit geflüchtet, weil sie dir als die einzige Möglichkeit erschienen ist, mit deiner Enttäuschung und Verzweiflung fertig zu werden. Der Tod als der große Erlöser. Anstatt zu kämpfen, hast du dich aufgegeben und dich wie ein waidwundes Tier in der Wildnis verkrochen. Sogar deinen besten Freund, der dir helfen wollte, hast du in die Wüste geschickt. Indem du ständig auf dich selbst einprügelst, willst du die Welt dafür bestrafen, was sie dir angetan hat. Der große, verzweifelte Schriftsteller setzt den letzten Punkt hinter sein grandioses Werk, legt sich zum Sterben hin und bekommt posthum den Nobelpreis verliehen. Das willst du doch, oder nicht? Dann wird es, denkst du, weltweit einen Aufschrei geben: Seht, was wir angerichtet haben! Seht nur, welch großes Genie wir da durch unsere Ignoranz getötet haben! Diese Strategie ist mehr als jämmerlich und unbeschreiblich dumm. Glaubst du nicht selbst, daß du ein wenig übertreibst, Brigadier?

Ostwald trank einen großen Schluck Bier und sagte: Und was sollte ich deiner Meinung nach sonst tun, Klugscheißer?

Nichts, lächelte Steiner, alles bestens. Du wirst es nicht für möglich halten, aber ich habe mich inzwischen ein wenig mit der einschlägigen Literatur beschäftigt. Um reelle Gesundungschancen zu haben, muß der Krebspatient erst mal mit sich selbst ins reine kommen und wieder klare Ziele vor Augen haben. Wie der Jongleur darf er sich nicht auf das Fangen, er muß sich auf das Werfen konzentrieren. Vergiß also die elende Werbekacke, das hirnlose Hühnchen und den ganzen Scheiß, der hinter dir liegt, sei endlich du selbst und fang mit frischem Mut von vorne an. Du hast bewiesen, daß du schreiben kannst. Du wirst es schaffen. Freilich werde ich dir ein wenig unter den Schreibarm greifen müssen, aber dazu bin ich ja schließlich da. Konzentriere dich voll auf deine Arbeit, Brigadier, und mach vor allem die Frau Huber glücklich. Sie wird es dir danken. Sobald wir hier unsere Arbeit erledigt haben, wirst du in Hallstatt leben und in Salzburg deine Therapie fortsetzen. Das ist die Bedingung für meine Mitarbeit. Du wirst…

Hör auf, stöhnte Ostwald, das ist ja gräßlich! Du redest wie einer von diesen dämlichen Fernsehpfarrern.

Na und, sagte Steiner, wenn es hilft? Stell dir bitte nur noch vor, wie wir drei, oder vielleicht sind wir dann auch vier, unterwegs sein werden. Der Bestsellerautor mit Gefolge. Wie wir wie die Bösen in die diversen Kameras grinsen. Wie wir in den Hotellobbies aufmarschieren wie ein keltischer Sturmtrupp. Wie wir der Welt unsere Wahrheiten entgegenrotzen und reichlich dafür abkassieren, bevor wir uns wieder auf unsere Yacht zurückziehen. Na, was ist, Brigadier? Willst du immer noch…

L'addition, s.v.p., rief Ostwald. Und zu Steiner sagte er: Was für ein simpler Mensch du doch im Grunde bist, Dicker! Mit einer derart platten Weltsicht würdest du als ernsthafter Schriftsteller nie durchkommen. Damit kannst du höchstens bei einer Illustrierten landen.

Okay, lachte Steiner, dann mach du es besser. Geh uns mit gutem Beispiel voran. Trag das Königsbanner. Du willst schon aufbrechen, wo es gerade so gemütlich ist?

Ja, bevor wir hier noch unsere ganze Reisekasse lassen.

In der Rue de la Gaité reihten sich Peep-Shows, Pornokinos und Sexshops aneinander. Steiner war begeistert.

Brigadier, rief er aus, hier müssen wir sofort recherchieren! Vielleicht können wir eine keltische Peep-Show in den Roman einbauen. Das wär doch was. Du weißt schon: geile Göttinnen, Krieger mit Riesenprügeln, heiße Stuten... Für jeden Geschmack etwas. Und in diesem Sumpf hier werden wir uns jetzt die Inspirationen holen. Ich habe so was eh noch nie gesehen.

Er blinzelte in die flirrenden Lichter, kramte in den Taschen nach Kleingeld und wollte sich durch einen bunten Perlenvorhang zwängen, doch Ostwald hielt ihn am Kragen zurück. Rasch durchwaten, sagte er, bevor wir uns schmutzig machen. Keine Zeit zu verlieren.

Spielverderber, grinste Steiner. Warum hast du es denn plötzlich so eilig? Warum die Angst vor dem Dreck? Was soll man denn in dieser Stadt schon recherchieren, wenn nicht das Verkommene?

Sie kamen zu einer kleinen Kirche, vor der zwei Penner saßen. Der eine war bis zu den Ohren tätowiert, der andere zuckte wie in einem Schüttelfrost zu dem Rhythmus, der aus seinem Kopfhörer kam. Über der Kirchturmspitze türmten sich in der Dämmerung verfärbte Wattegebirge.

Walkman-Penner, sagte Steiner, die spinnen ja, die Franzosen.

Warum? hielt Ostwald dagegen. Es spricht doch für ein Volk, wenn es seinen Abfall mit Musik bestrahlt.

Auf ihrem Streifzug stießen sie schließlich auf eine unscheinbare Gasse, die Rue Vercingetorix hieß. Das versetzte sie gleichermaßen in Entzücken. Der keltische Maquisardenführer Vercingetorix, der den letzten großen Aufstand gegen die Römer angeführt hatte, sollte ja, neben Steiner und Caesar, eine Hauptfigur im zweiten Teil des Romans werden. Trotz seiner Ergriffenheit nahm Steiner das Straßenschild zum Anlaß, um einmal mehr eine Breitseite gegen die Franzosen abzufeuern.

Es sei ja nur ein weiteres Indiz für die Verschwommenheit dieses Menschenschlags, sagte er, daß er sowohl den Freiheitskämpfer Vercingetorix als auch dessen Vernichter Caesar als Nationalhelden feiere. Keine klare Identität, diese Spinner, keine deutliche Haltung. Am schönsten komme diese historische Schizophrenie in dem Umstand zum Ausdruck, daß Napoleon III. einen vierzehn Meter hohen Vercingetorix auf dem Mont Auxois, wo das schicksalsträchtige Alesia vermutet wird, aufstellen ließ, während er gleichzeitig an einer mehrbändigen, speichelleckerischen Caesar-Biographie arbeitete. Gegen diese Dummheit könne nicht mal mehr das aufrechte Gespann Asterix und Obelix anstinken.

Aber warum denn? widersprach Ostwald. Es ist doch kein Widerspruch, wenn sich ein Volk mit sämtlichen Komponenten beschäftigt, die es konstituiert haben. Die Franzosen sind nun mal ein Gemisch aus Kelten, Römern und Germanen.

Trotz der Meinungsverschiedenheiten waren sie nun in einträchtiger Arbeitsstimmung und werkten, während sie flanierten, eifrig am Plot von »Der Gallische Krieg«. Die Grundidee war, daß der Zeitreisende Robert Steiner während der Belagerung des keltischen Oppidums Alesia, in dem sich die keltischen

Freischärlertruppen auf ihrer Flucht vor Caesar verschanzt haben, in das römische Heerlager eingeschleust wird und Caesar meuchelt. Die Legionen, ihres überragenden Kommandos beraubt, werden von den inferioren Keltenhaufen vernichtend geschlagen. Rom verliert daraufhin seine Vormachtstellung. Die europäische Geschichte nimmt einen gänzlich anderen Verlauf. Nicht eine rationalistische, vom Christentum verhunzte Ideologie bestimmt die Zukunft, sondern eine heidnische, naturverbundene und poetische Weltsicht. Der Rückkehr in das verlorene Paradies, ins Goldene Zeitalter, steht nichts mehr im Weg. Punktum.

Das Material hatte Ostwald, indem er sämtliche ihm zugängliche Quellen durchforstet hatte, bereits beisammen. Nun mußte nur noch Fleisch auf das Skelett. Zum Zweck der Fleischbeschaffung wollten sie durch Burgund, den Hauptschauplatz des Gallischen Krieges, reisen und einige Zeit beim bronzenen Vercingetorix auf dem Mont Auxois verbringen.

Hervorragendes Programm, sagte Steiner, aber wie soll ich, nachdem ich meine Mission erfüllt habe, inmitten der Feinde überleben?

Darüber habe ich mir, ehrlich gestanden, noch keine Gedanken gemacht, sagte Ostwald, aber wahrscheinlich wirst du von einem hitzköpfigen Legionär sofort nach deiner Tat getötet. Macht ja nichts. Ist ja nur ein Text.

Okay, sagte Steiner, warum nicht? Und wann brechen wir jetzt endlich auf? Wann ändern wir die Welt?

Sei doch nicht immer so ungeduldig, Dicker, lachte Ostwald. Europa hat Jahrtausende darben müssen. Wird es sich auch jetzt noch ein wenig gedulden können.

Über ihrer fröhlichen Unterhaltung waren sie zu einer Metro-Station gelangt, die Alesia hieß. Die blaue Blockschrift auf dem weißen Untergrund sprang ihnen gleich ins Auge und riß sie zu Begeisterungsstürmen hin.

Irre, brüllte Steiner, das ist die U-Bahn zu unserem Einsatzgebiet! Damit rauschen wir jetzt gleich in die Prähistorie und mischen die verdammten Römer auf. Ein Wahnsinn, die Franzosen! Hätte ich ihnen nicht zugetraut.

Als sie die Treppe hinuntersprangen und über lange, verwinkelte Gänge rannten, erschien es ihnen tatsächlich nicht so unmöglich, daß sich geheimnisvolle Türen öffneten und sie irgendwo in historischer Zeit landeten. Das blieb aber natürlich nur ein frommer Wunsch. In der Station waren gelbe Plastikschalensitze aneinandergereiht, von den Plakatwänden lächelten Andy Warhols Marilyn und General de Gaulle herunter. Die wartenden Fahrgäste sahen ziemlich heutig aus. Aus einem einfahrenden Zug stieg eine Steel-Band und begann gleich zu musizieren. In dem Getöse von Trompete, Trommel und Gitarre brüllte Ostwald Steiner ins Ohr: Okay, Brutus, wir brechen morgen auf. Keine Zeit zu verlieren. Gehen wir es an.

Die Seine, ein fünf Meter breiter Bach, bewegte sich träge durch die kleine, ruhige Stadt. Zwischen den pfefferminzgrün leuchtenden Algen und Wasserpflanzen zogen Forellen ihre eleganten Bahnen. Auf der blitzenden Wasseroberfläche schleiften die Blätter überhängender Äste, darüber standen Mükkenschwärme. Es roch nach Blüten, Erde und leichter Fäulnis.

Wunderschön, sagte Ostwald. Ein richtiger Malerwinkel ist das hier.

Ja, erwiderte Steiner, dem sein Batman-T-Shirt wie eine durchnäßte Regenhaut am Oberkörper klebte, war goldrichtig, daß wir auf diesem schmukken Flecken unser Hauptquartier aufgeschlagen haben. Alles bestens. Aber wird's jetzt nicht Zeit für das Frühstück, Brigadier?

Ostwald schnippte den angeschmorten Gauloise-Filter über das Holzgeländer. Ein blinkender Fischleib schnellte darauf zu und drehte gleich wieder ab. Gut, sagte Ostwald, füllen wir uns noch den Pansen, bevor wir die Fürstin besuchen.

Sie folgten einem Graspfad und kamen in einen Park, in dem unter mächtigen Baumkronen ein Springbrunnen plätscherte, Rabatten leuchteten, Blüten regneten und ein Kriegerdenkmal aufragte. *Mort pour la France.* Darunter eine Namensliste auf dem dunklen Marmor, der in der Sonne wie Goldstaub glänzte.

Steiner salutierte zackig und schnarrte: *Vive la Trance!* Und nach dieser Ehrenbezeugung nun ein American Breakfast und ein Holzfällersteak.

Sie gingen durch die 8000-Seelen-Gemeinde Châtillon-sur-Seine, die im Norden des Départment Côte d'Or lag. Alte Steinhäuser, schmale Gäßchen, ein Dutzend Hotels, Cafés und Restaurants, an den Rändern die Flachbauten der Supermärkte, am Hügel die Eglise St. Vorles, ein romanisches Schmuckkästchen mit Wetterhahn. Die Straßen waren so penibel gepflegt, daß man sich scheute, auf dem Pflaster eine Gauloise auszutreten. Vor den Haustüren saßen alte Menschen, die von Steiner mit einem fröhlichen *bon jour* oder *salut* gegrüßt wurden. Die entspannte Atmosphäre versetzte sie in ausgelassene Ferienstimmung. Sie lachten viel, während sie auf einen sonnenüberfluteten Platz einbogen, auf dem Kaffeehaustische aufgestellt waren.

Die Nacht hatten sie in einem billigen, aber sauberen Hotelzimmer verbracht, dessen Fenster auf einen mit Grünpflanzen überwucherten Hof gingen. Zwischen den Stauden flatterten bunte Wäschestükke. Bis spät nach Mitternacht schallten französische Lieder zu ihnen hinauf, doch das störte sie nicht. Am Morgen mieteten sie das Zimmer für weitere vier Tage, um das hiesige Archäologische Museum zu besuchen, in dem der Inhalt des Grabes der weltberühmten Fürstin von Vix ausgestellt ist, und ohne Gepäck ihre Streifzüge nach Alesia unternehmen zu können. Von der Begegnung mit der Fürstin erhofften sie sich Anregungen für die bessere Gestaltung der Viviane. In Alesia wollten sie spielerisch den Untergang eines ganzen Volkes nachvollziehen. Als weitere Stationen sollten im Süden Dijon, Autun, Gergovia, Avaricum, Bibracte und das Archéodrome bei Beaune folgen. In diesem archäologischen Freiluftmuseum gab es ein nachgebautes Keltendorf, einen Tumulus und hundert Meter von Caesars Befestigungsanlage zu sehen, mit der er Alesia und somit die Kelten in die Knie gezwungen hatte. Außerdem konnte man sich, von Marschmusik aufgepeitscht, den Gallischen Krieg als Videoclip reinziehen. Nach diesen vergnüglichen Recherchen mußte dann die Knochenarbeit des Schreibens folgen. Wo sie die Schreibmaschine aufstellen wollten, wußten sie noch nicht genau. Zur Auswahl standen Hallstatt und Irland. Steiner mußte ja auch daran denken, irgendwann wieder in die Schule zurückzukehren.

Neben dem Restaurant lag ein toter Vogel auf dem heißen Asphalt, der gerade von einem Straßenkehrer entfernt wurde. Obwohl es erst Vormittag war, verdrückte Steiner eine Grillplatte und trank dazu einen Liter Rotwein. Ostwald, der nun sehr blaß und zittrig wirkte, begnügte sich mit einem Café au lait und einem Croissant.

Warum grinst du denn so unverschämt in dich hinein, Brigadier? fragte Steiner. Was amüsiert dich denn so überaus?

Ich habe gerade daran denken müssen, sagte Ostwald und wischte sich den weißen Schaum von der Oberlippe, wie du gestern dein Ritual für die Flußgöttin Sequana ausgeführt hast. Das war echt zum Schreien.

Auf ihrer Anreise von Paris waren sie durch Zufall am Ursprung der Seine vorbeigekommen und hatten haltgemacht. Die kaum sichtbare Quelle sprudelte in ein künstliches Granitbecken, über dem eine Grotte lag, die man im 19. Jahrhundert errichtet hatte. Obwohl dreihundert Kilometer entfernt, gehörte der umliegende Park zu Paris. Steiner knipste zwei Wegwerffeuerzeuge an und hielt sie wie Fakkeln, während er mit herausgestreckter Brust zur Quelle defilierte und dann als Votivgabe für die keltische Göttin Sequana, die dem Fluß den Namen verliehen hatte, seine mit Kieselsteinen beschwerte Zahnbürste in das glasklare Wasser warf. Die anwesenden Touristen applaudierten spontan, doch Steiner war es nicht nur um die Show gegangen. Er wollte mit diesem kleinen Opfer Heilkräfte für seinen Freund Claus Ostwald mobilisieren, der ihm

Sorgen machte. Wenn er die Anzeichen richtig deutete, stand dem nämlich bald ein Rückfall oder sonst was Schlimmes bevor. Da sein Vertrauen in die durch eine Zahnbürste beschworene Flußgöttin aber nicht allzu groß war, wollte er Ostwald so bald wie möglich nach Hallstatt und in das Landeskrankenhaus Salzburg lotsen.

Jaja, sagte er nun zwischen zwei Bissen, ich bin schon ein ziemlich witziger Mensch, nicht? Und wer soll diesen sprühenden Witz eigentlich auf die Leinwand bringen? Es ist ja wohl klar, daß für die Verfilmung unseres Fantasy-Spektakels nur George Lucas und Steven Spielberg in Frage kommen. Nur, wer soll mich verkörpern?

Bob Hoskins.

Bob Hoskins? Keine schlechte Wahl. Und wer wird mir auf der Leinwand die Gunst ihrer Lenden schenken?

Michelle Pfeiffer.

Hervorragend, Brigadier! rief Steiner aus. Diese Wahl nehme ich an, denn wenn die Pfeiffer zehn Kilo zulegt, kann sie leicht als Monika Huber durchgehen. Und jetzt zieht es mich dann, glaube ich, unbändig zur Fürstin hin.

Das Dörfchen Vix, das in der Prähistorie ein bedeutendes Handelszentrum und ein wichtiger Kontrollpunkt auf dem Zinnweg von der Bretagne zum Mittelmeer gewesen war, lag sechs Kilometer von Châtillon-sur-Seine entfernt. Da es weder eine Zug- noch eine Busverbindung gab, machten sich Steiner und Ostwald nach dem Museumsbesuch trotz sengender Hitze zu Fuß auf den Weg. Anfangs versuchten sie noch ein Auto aufzuhalten, gaben es aber bald auf, da die Burgunder offensichtlich nicht gewillt waren, zwei arme österreichische Rechercheure mitzunehmen. Über die Schnellstraße donnerten im Konvoi schwere Laster, daß die Luft erzitterte. Steiner, der sich ein nasses Taschentuch auf den Kopf geklatscht hatte, sah sich in seiner Meinung über die Franzosen einmal mehr bestätigt. Er fluchte leise vor sich hin, während sie, schnaufend und sich immer wieder Frischluft in die tropfenden Achselhöhlen blasend, Kilometer um Kilometer herunterbogen. Schließlich tauchte rechter Hand wie der Rücken eines grünen Walfisches der Mont Lassois auf, auf dem das Oppidum Latisco, der Sitz der Fürstin, gelegen war. An den Hang schmiegte sich Vix, eine Ansammlung von ein paar Bauernhäusern und Bungalows.

Und da sollen wir nach diesem Gewaltmarsch jetzt auch noch rauf? keuchte Steiner.

Natürlich, sagte Ostwald, wir sind doch harte Männer, oder? Was glaubst du, wie Indiana Jones da raufflitzen würde.

Der, keuchte Steiner, würde sich wie Tarzan an seiner Ochsenpeitsche auf das Hochplateau schwingen. Also gut, Archäologe, *let's go*.

Sie gingen die Seine entlang, die sich glitzernd durch Getreidefelder und saftige Viehweiden schlängelte. Wo jetzt die Kühe in monotoner Stupidität das Gras abrupften und dampfende Fladen fallen ließen, hatte man 1953 das Grab der Fürstin, die um 450 BC verstorben war, ausgehoben. Den Inhalt hatten Ostwald und Steiner gerade im Saal V des Prähistorischen Museums von Châtillon-sur-Seine besichtigt und sehr eindrucksvoll gefunden.

Der sogenannte Schatz von Vix ließ darauf schließen, daß die Fürstin sehr reich und mächtig gewesen war. Ihr Leichnam lag auf einem prächtigen Totenwagen, dessen Räder allerdings abmontiert und an die Seite des Grabes gelehnt waren. Ihre Gewänder wurden von sieben kunstvoll gearbeiteten Fibeln zusammengehalten. An Armen und Beinen und um den Unterleib trug sie Reifen aus Bronze, die mit zahlreichen Bernsteinperlen besetzt waren. Den Kopf schmückte ein halbkiloschweres Diadem aus 24karätigem Gold, an dessen Enden jeweils eine feinziselierte Löwenpranke und ein winziges geflügeltes Pferd prangten. Außerdem hatte man ihr auf die Reise in die Andere Welt attische Tonschalen, griechische Weinkrüge und etruskische Kupferbekken mitgegeben. Das Prunkstück des Trésor de Vix, das alles andere überragte, war jedoch der berühmte Krater. Ein Bronzegefäß mit der imposanten Höhe von 1,64 Meter, einem Gewicht von 208 Kilogramm und einem Fassungsvermögen von 1,1 Kubikmeter. Es stammte aus dem Mittelmeerraum und war der größte bekannte Container des Altertums. Rings um den oberen Rand marschierte, wunderschön aus dem wie grüner Marmor wirkenden Metall getrieben, ein Zug von Kriegern mit Schildern und Kampfwagen. Auf den Henkeln streckten fratzenhafte Gorgonengesichter die Zunge raus. Um Arme und Beine der düsteren Gestalten ringelten sich gehörnte Schlangen.

Steiner und Ostwald standen lange schweigend und andächtig davor, bis Steiner das Wort ergriff: Du weißt, wozu die Fürstin dieses Monstrum verwendet hat?

Ja, sagte Ostwald, der auf den Zehen balancierte und vergebens in den Krater zu spähen versuchte, ich habe die einschlägige Literatur auch gelesen.

Die Fürstin ist schon lange ein spezieller Liebling von mir.

Verzeihen Sie, aber wir wissen es nicht. Wozu wurde denn die Vase verwendet? Können Sie uns das kurz erklären?

Hinter ihnen stand ein Pensionistenehepaar, das dem Dialekt nach zu schließen wohl aus Bayern stammte. Die Frau fügte noch an: Wir sind nämlich nur auf der Durchreise. Eigentlich wollen wir unsere Enkelin in Dijon besuchen. Sie ist dort Au-pair-Mädchen.

Steiner lächelte freundlich und sagte: Aber mit dem allergrößten Vergnügen erkläre ich Ihnen alles. Dann hielt er in der Art eines Museumsführers einen kleinen Vortrag: Meine Damen und Herren, laut den Altertumsforschern kann der Krater von Vix, den Sie als Vase bezeichnen, nur als Kultgegenstand, als Opfergefäß für Blut, interpretiert werden. Das würde bedeuten, daß die Fürstin von Vix nicht nur über weltliche Macht und den aus der Maut an der Zinnstraße gewonnenen Reichtum verfügte, sondern auch Priesterin eines dunklen Kultes war. Wie viele Gurgeln mag sie wohl über dieser schicken Bodenvase durchgeschnitten haben? Wenn Sie genau hinschauen, können Sie nicht förmlich sehen, wie das blitzende Eisen die Halsschlagadern zerfetzt? Wie die Blutfontänen spritzen? Wie die immer bleicher werdenden Körper auszucken? Vielleicht hat unsere liebe Frau den Opfern auch bei lebendigem Leib Herzen aus denselbigen herausgerissen. Denken Sie nur an die Priesterinnen des Dionysos. Die haben ihre Opfer mit den Händen zerfetzt. Die Fürstin von Vix war aber keineswegs… Er konnte aufhören, denn die Bayern waren verschwunden.

Netter Vortrag, lachte Ostwald, vielleicht wird doch noch ein Schriftsteller aus dir.

Eher ein Redner, ein Volksheld. Ein neuer Demosthenes.

Ein Volksheld, gewiß, lachte Ostwald, dargestellt von Bob Hoskins. Wie stellst du dir unsere Fürstin eigentlich vor?

Nordischer Typ, sagte Steiner, ohne zu überlegen. Nicht gerade schön, aber von ungeheurer Vitalität und Präsenz. Das Urbild von einer Frau. Wie die Frau Huber. Habe ich dir eigentlich schon erzählt, daß ich in Hallstatt…

Nun war es Ostwald, der davonlief. Er interessierte sich brennend für die Vitrinen in den anderen Sälen, in denen Überreste der gallorömischen Zeit ausgestellt waren. Erst viel später, als ihn Steiner auf eine Bacchus-Figur, die stark an ihn selbst erinnerte, aufmerksam machte, sagte er: Du glaubst also, daß ich immer das Rasiermesser verstecken muß, falls ich mich tatsächlich mit der Monika zusammentun sollte?

Das habe ich nicht gesagt, grinste Steiner. Ich meine nur, daß sie dich ordentlich auf Vordermann bringen wird. Na, ist die Sehnsucht noch halbwegs zu ertragen? Wir werden deinen Liebling ohnehin bald wiedersehen.

Die Straße, die auf den Mont Lassois hinaufführte, war kurvenreich und steil. In der Luft surrten zahlreiche Bienen, die zu den im Wald aufgestellten Bienenstöcken unterwegs waren. An dem letzten Haus von Vix hing ein Zeichen, das an ein mit Rotwein gefülltes stilisiertes Glas erinnerte.

He, keuchte Steiner, da gibt's was zu saufen. Da ist eine Art Heuriger. Da müssen wir unbedingt…

Idiot, lachte Ostwald, das ist das französische Verkehrszeichen für Sackgasse.

Verfluchte Franzosen, keuchte Steiner.

Als sie den Hügel, der plan wie ein Flugzeugträger war, erklommen hatten, war Ostwald wohl um eines und Steiner um fünf Kilo leichter. Sie japsten nach Luft und verkrochen sich im Schatten der Kirche St. Marcel aus dem 12. Jahrhundert. Hinter dem kleinen Friedhof fiel das Gelände gleich zu einer Müllhalde ab.

Bei Keridwen, stöhnte Steiner, wenn ich diesen Ausflug schon mal überlebt habe, werde ich für die Fürstin aber auch ein Ritual ausführen.

Ach ja? sagte Ostwald. Du willst eine Massenmörderin verherrlichen? Du willst die Humanität mit Füßen treten? Was steht denn diesmal auf dem Programm?

Diesmal, sagte Steiner und grinste, findet die Zeremonie unter Ausschluß der Öffentlichkeit statt. Er humpelte davon und verschwand im krüppeligen Wald.

Ostwald blickte auf die in der Nachmittagsglut flirrende, vollkommen ruhige Landschaft hinunter. Dabei überkam ihn eine feierliche Stimmung und ein großer innerer Friede. Sein Entschluß stand nun fest: Er wollte leben. In Hallstatt. Vielleicht sogar mit Monika Huber.

Am nächsten Tag fuhren sie mit dem Bus zeitig nach Montbard, das in einem raucherfüllten Talkessel lag, und dann mit dem Zug weiter nach Les Laumes, das eigentlich gar keine Stadt, sondern lediglich eine Häuseransammlung entlang der Bahnstrecke war. Von hier waren es nur noch zwei Kilometer

Fußmarsch bis Alesia. Sie konnten es kaum erwarten, endlich die historische Stätte und den bronzenen Vercingetorix zu erreichen, doch als sie aus dem Waggon stiegen, öffnete plötzlich der Himmel seine Schleusen, so daß sie nun in einem tristen Hotelrestaurant festsaßen und sich die Zeit mit Rauchen und Trinken vertreiben mußten.

Ostwald klappte sein kleines Ringbuch zu, in dem er sich Notizen über die Farben, Geräusche und Gerüche des Regens gemacht hatte, und stürzte auf die Toilette. Auf die Markisen vor dem Fenster trommelten die Regentropfen, ein nervtötendes Stakkato, gegenüber wurde mit Getöse ein Güterzug rangiert. Steiner nahm seine Falstaff-Zigarre von dem mit Gauloises-Stummeln angefüllten Aschenbecher auf, trank einen Schluck Rotwein und schaute angewidert in den dichten Regenschleier und dann in einen Reiseführer von Burgund. Die Welt erschien ihm ziemlich dreckig und zerrissen. Er wünschte sich weit weg.

Als Ostwald nach einer halben Stunde noch nicht zurück war, beschloß er, der Sache mal nachzugehen. Vielleicht konnte sich der Brigadier nicht vom Anblick der sich selbsttätig wechselnden Klobrillen losreißen, doch sie hatten jetzt Wichtigeres zu tun. Da es endlich zu schütten aufgehört hatte, konnten sie zum Mont Auxois aufbrechen, um ihre Arbeit zu tun.

In dem vergitterten Toilettenraum roch es stark nach Chemikalien. Von Ostwald keine Spur. Brigadier, rief Steiner beunruhigt, wo hast du dich versteckt? Genug geschissen, jetzt wird gearbeitet. Ich bin gekommen, dir den Hintern abzuwischen.

Keine Antwort.

Nun bekam es Steiner richtig mit der Angst zu tun, denn Ostwald hatte schon die ganze Zeit einen sehr mitgenommenen Eindruck gemacht. Er trat in Panik gegen die weißlackierten Kabinentüren. Zwei sprangen auf, die dritte war verschlossen. Na also. Claus, sagte er leise, bist du da drin? Was soll das kindische Versteckspiel?

Hinter der Tür war ein Klappern zu hören, dann Ostwalds leise, zitternde Stimme: Einen Moment noch. Ich bin gleich soweit.

Mach schnell. Es hat zu regnen aufgehört. Wir müssen los.

Komm ja schon.

Als der Riegel zurückgeschoben wurde und sich die Tür einen Spalt öffnete, zuckte Steiner zurück und rief erschrocken: Mein Gott, Ostwald, was ist denn mit dir los?

Ostwald hing vornübergebeugt, als hätte er eine Schußwunde davongetragen, auf der Muschel. Obwohl sein Gesicht schweißüberströmt war, zitterte er, als säße er nackt in einem Schneesturm. Seine Augen, die normalerweise wie Häherfedern leuchteten, blickten stumpf zu Steiner auf. Es roch stark nach Kotze.

Heiland, was ist denn passiert? Steiner war nun mit zwei Sätzen bei seinem Freund, zog ihn vorsichtig hoch und strich ihm die klatschnassen Haare aus der Stirn.

Ostwald schloß kurz die Augen, prustete wie ein Walfisch und sagte: Es geht schon wieder. Muß wohl einen kleinen Kollaps erlitten haben. Den habe ich schon die längste Zeit befürchtet. Ich sollte wohl weniger von den Teufelsdingern rauchen und mehr essen.

Kannst du aufstehen? Kannst du gehen?

Ja, sagte Ostwald und erhob sich schwankend, es ist vorbei. Wir können aufbrechen.

Kommt überhaupt nicht in Frage, widersprach Steiner, der nun sehr ernst und besorgt war. Wir kehren sofort um und ruhen uns aus. Wenn ich gewußt hätte, wie es wirklich um dich steht, hätte ich dich den Strapazen nicht…

Ich habe gesagt, ich bin wieder okay, schnitt ihm Ostwald das Wort ab und machte, um seine Behauptung zu bekräftigen, im Speisesaal einen Ausfallschritt. So ein blöder Kollaps dauert fünf bis zehn Minuten. Habe ich schon öfter gehabt.

Aber, sagte Steiner, aber das kann doch…

Wir marschieren jetzt gleich nach Alesia, sagte Ostwald mit Bestimmtheit, und erledigen unsere eminent wichtige Arbeit. Dazu sind wir ja schließlich da, oder nicht?

Mir ist jetzt aber nicht mehr wohl dabei, sagte Steiner. Du hättest dich selber da auf dem Scheißhaus hängen sehen sollen. Es gibt wirklich Wichtigeres als diesen Roman. Am liebsten würde ich nach Hallstatt oder Wien zurückfahren. Ich möchte dir…

Wenn du mir einen Gefallen tun willst, sagte Ostwald grob, halt jetzt bitte die Klappe. Vergiß deine kleinmütigen Einwände und denk daran, wer wir sind. Wir sind die Parfaits, die Vollkommenen. Also los. Was nicht vorangeht, muß verwesen.

Trotz Ostwalds Optimismus wollte auf dem Marsch nach Alesia keine rechte Stimmung aufkommen. Während er eifrig seine Ideen für die Werbefeldzüge für das Buch darlegte, trottete Steiner stumm daneben her. Nur als Ostwald verkündete, man würde bei einer Pressekonferenz auf der Frankfurter Buchmesse die versammelten Journalisten original mit Met einweichen, mußte er kurz kichern. Ansonsten brütete er nur dumpf vor sich hin und sagte schließlich: Du weißt aber schon, Brigadier, daß gegen die Straße, die auf den Mont Auxois hinaufführt, die Straßen von San Francisco ein Klacks sind? Circa einhundert Prozent Steigung.

Na und? gab Ostwald fröhlich zurück. Schließlich und endlich wollen wir ja die Welt erobern. Sollen wir da jetzt schon vor dieser winzigen Hürde kapitulieren? Was ist plötzlich mit dir los, Steiner? Was soll aus dir noch werden?

Obwohl es erst Nachmittag war, war es inzwischen beinahe dunkel geworden. Auf den Feldern und Wiesen lag eine dicke Nebeldecke. Der Mont Auxois und die umliegenden Hügelketten waren gänzlich eingehüllt. In der Nässe wirkten die Baumstämme wie mit metallisch grüner Patina überzogen, rauh wie Schmirgelpapier. Über den niedrigen Himmel jagte schwarzes Gewölk. Nirgends strahlte ein Licht, außer dem röhrenden Wind war nichts zu hören.

Steiner blieb abrupt stehen, wischte sich die feinen Wassertröpfchen aus dem geröteten Gesicht und sagte: Kehren wir um, Claus. In dieser Waschküche verirren wir uns doch nur. Das hat heute überhaupt keinen Sinn.

Doch Ostwald ging unbeirrt weiter und rief über die Schulter zurück: Keine Müdigkeit vorschützen, Brigadier! Ich kann dich nur anfeuern, dich nicht von der Anstrengung überwältigen zu lassen. Wenn wir unter diesen Bedingungen unser Ziel erreichen, haben wir mehr gewonnen, als wenn wir die nächsten zwei Jahre in irgendwelchen muffigen Bibliotheken herumhängen. Das ist die Chance unseres Lebens. Also komm schon. *Here we go.*

In Steiner sträubte sich alles, noch einen Schritt in den Nebel hineinzumachen, aber er konnte ja Ostwald in seinem Zustand nicht alleine ziehen lassen, und so lief er ihm zähneknirschend hinterher. Der Freund erschien ihm in seiner merkwürdigen Verbissenheit plötzlich unheimlich fern und fremd, und nach langer Zeit verspürte er wieder echte Panik. Er bemühte sich, so gut es ging, nichts davon nach außen dringen zu lassen. Er machte halbherzige Scherze.

Eine Stunde später hatten sie sich tatsächlich hoffnungslos verirrt. Im dichten Nebel war ihnen gewesen, als würden sie durch bizarre, unheimlich stille, weiß strahlende Kulissenstädte gehen, über endlose Laufgänge rennen, in Druckkammern absinken, durch Schleusen gepreßt werden und sich immer mehr von der realen Welt entfernen. Ostwald hatte den Verdacht geäußert, sie seien wohl in einem Film von Fritz Lang gelandet. Nun standen sie erschöpft irgendwo bis zum Bauch im Gras und konnten nicht weiter als ein paar Meter sehen. Inzwischen waren sie naß wie zwei Schiffbrüchige. Der Nebel drückte ihnen nach wie vor stark aufs Gemüt. In der Ferne hallten nun schwere Schläge, und von Zeit zu Zeit krachte es, als würden Bäume gefällt. Jetzt hatte auch Ostwald genug von dem Rechercheabenteuer.

Brutus, sagte er zitternd und hielt sich dicht an Steiner, sieht aus, als hätten wir uns in Teufels Küche verirrt. Scheiße, was sollen wir jetzt tun?

Steiner sah sich wieder wie ein Fels in der Brandung des Eismeers. Keine Panik, Kleiner, grinste er und blickte zu Ostwald auf, irgendwie kommen wir aus dem Hexenkessel raus. Ist ja nur Nebel. Wir nehmen uns ein Zimmer in Les Laumes und verschieben die Exkursion einfach, bis bessere Witterung herrscht. Alles klar?

Hmh, sagte Ostwald, und dann zuckten sie plötzlich beide zusammen und duckten sich ängstlich. Was ist das? flüsterte Ostwald. Sieht aus, als bekämen wir Besuch.

Sie hatten weithin donnerndes Hufgetrappel vernommen, und nun tauchten aus dem Nebel sechs Reiter auf und hielten ihre schnaubenden Pferde vor ihnen an. Die beiden knipsten ungläubig mit den Augenlidern, aber da stand tatsächlich eine Eskorte von fünf bis an die Zähne bewaffneten keltischen Kriegern und eine wunderschöne Frau, die einen eleganten Jagdanzug aus Hirschleder trug. Sie hob zur Begrüßung eine Hand und sagte: Willkommen, Brüder! Ihr kommt spät, doch noch ist Gallien nicht verloren.

Steiner und Ostwald warfen sich entgeisterte Blicke zu. Steiner fing sich als erster und sagte bebend: Siehst du, was ich sehe?

Ja, hauchte Ostwald. Viviane. Keltische Krieger.

Aber das gibt's doch nicht! brüllte Steiner plötzlich los. Wir können doch nicht... Das ist doch... Hau mir eine runter! Wir können doch nicht mit einem Schlag beide wahnsinnig geworden sein!

Ostwald vergrub seine Hände in den Jeanstaschen und lachte hysterisch: Wir sind in unserem eigenen Text... Verstehst du das? Wir sind in unserem eigenen Text gelandet. Das ist wirklich...

Viviane gebot mit einer herrischen Handbewegung Ruhe und sagte: Verzeiht, edle Waffenbrüder, aber wir sind in höchster Bedrängnis. Wir wollen nicht reden, wir wollen handeln. Und dann an Steiner gewandt: Ihr erinnert Euch an mich, Robert, mein Geliebter und Held? Ich bin die Göttin, die Euch die Gunst ihrer Lenden geschenkt hat. Ihr wißt, was nun von Euch erwartet wird?

Steiner wurde leichenblaß und stammelte: Aber ich... Das war doch nur eine schlechte Geschichte von ihm. Das kann doch nur... Kein Mensch... Ihr könnt doch nicht... Verdammt, warum rede ich keltisch? Ich bin doch...

Ihr seid in der Autre Monde, die unendlich ist, sagte Viviane, um uns zu helfen, wie Ihr es geplant habt. Nur wer aus einer fernen Parallelwelt kommt, kann hier was bewirken und den Lauf der Dinge ändern. Wir können nur das ewig Gleiche wiederholen. Als ich von Euren Plänen erfuhr, habe ich Euch unverzüglich hergeholt. Ihr habt eine Mission zu erfüllen. Die Zeit drängt.

Unmöglich! schrie Steiner.

Ostwald, der nun ganz der Schriftsteller war, der eine phänomenale Story wittert, sagte: Aber warum er? Ich habe doch die Idee gehabt, Caesar zu meucheln. Warum nehmt Ihr nicht mich für das Todeskommando?

Ihr schreibt, sagte Viviane, und wer schreibt, gilt bei unserem Volk als krank und muß behandelt werden. Also ist er der Held, der uns zum Sieg führen wird.

In dem Moment schwoll das ferne Rauschen, das schon einige Zeit angedauert hatte, zu einem ohrenbetäubenden Donner an. Die Erde erzitterte wie bei einem Erdbeben. Ostwald und Steiner ließen sich in Panik zu Boden fallen und vergruben die Köpfe im nassen Gras, bis die Stampede vorüber war. Als sie wieder auftauchten, sahen sie um hundert Jahre gealtert aus, wie Gespenster.

Fürchtet Euch nicht, Männer, sagte Viviane. Das war nur unsere Reiterei, die Vercingetorix weggeschickt hat, bevor der Hund Caesar seinen Belagerungsring schließen kann. Sie reiten zu ihren Stämmen und heben ein Entsatzheer aus, denn wir sind Krieger. Bellt uns ein Hund an, bellen wir nicht zurück. Wir erheben das Schwert.

Aber wir, stammelte Steiner, wir sind…

Es ist alles vorbereitet, unterbrach ihn Viviane. Ihr werdet nun in die Tracht dieser Schurken gesteckt und zu ihrem Lager geführt. Macht Eure Sache gut. Schont den Hund nicht, sonst sind wir alle verloren. Weitere Instruktionen bekommt Ihr von meinem…

Nein, schrie Steiner auf, ich kann das nicht! Ich bin doch nur ein Lehrer, ein ganz kleiner… Meine Ferien sind bald vorbei!

Einer der Krieger ritt auf ihn zu und zog ihn blitzschnell in den Sattel. Er schlug wild um sich und stieß gotteslästerliche Flüche aus. Der Krieger hielt ihn in eisernem Griff.

Da trat Ostwald vor und sagte mit fester Stimme: Ich werde nie wieder schreiben. Also laßt mich gehen. Ich bringe Euch den Kopf von Caesar. Ich bin zu allem bereit.

Viviane legte zwei ihrer schön gemeißelten Finger an die Lippen und sagte: Eure Tapferkeit und

Euer Edelmut ehren Euch, doch unseren Sieg wird er einleiten. Robert wird den Fortbestand des heldenhaften keltischen Volkes sichern. Er ist unser König.

Der Krieger ritt mit Steiner in den Nebel davon.

IV
ALESIA

Alesia war ein Oppidum des kleinen und unbedeutenden Stammes der Mandubier. Daß es nun zum Brennpunkt im Gallischen Krieg geworden war, hatte seinen Grund im verheerenden Furor der keltischen Krieger. Nachdem man den Averner Vercingetorix auf dem gallischen Landtag als Oberbefehlshaber bestätigt hatte, rief er zum Aufstand gegen die römische Besatzungsmacht auf und ordnete die sogenannten Parthertaktik an, eine Mischung aus dem Konzept der verbrannten Erde und Partisanenüberfällen. Es wurden zahlreiche keltische Siedlungen in Schutt und Asche gelegt, Wege zerstört und Brunnen vergiftet, um dem Feind jedes Hilfsmittel zu entziehen und ihn so in die Knie zu zwingen. Kein Opfer schien zu groß, denn nun war die Zeit gekommen, da man entweder die verhaßten Eroberer vernichtete und die alte Freiheit zurückeroberte oder auf ewig verloren war. Ein zum Äußersten entschlossenes Volk zeigte seine Zähne und Krallen.

Caesar konnte zwar die nicht aufgegebene Stadt Avaricum erobern und die vierzigtausend Bewohner niedermachen, errang aber einen Pyrrhussieg, da Vercingetorix sie von vornherein abgeschrieben hatte. Nun war die Strategie des Maquisardenführers auch dem dümmsten Kelten einsichtig, und die Revolte erhielt, durch eine fieberhafte Geheimdiensttätigkeit unterstützt, Zulauf aus dem gesamten Reich. Caesar sah sich allerorten in Überfälle und Kämpfe verwickelt und bekam die ersten Auswirkungen der Parthertaktik zu spüren. Die Versorgungslage seiner Legionen war katastrophal. Um den Mißständen abzuhelfen, beschloß er, Gergovia anzugreifen, wo Vercingetorix gerade eine gigantische Heerschau abhielt. Er erlitt die erste Niederlage auf gallischem Boden und verlor sechsundvierzig Centurionen und siebenhundert Gemeine. Die Karriere des Prokonsuls hatte ihren absoluten Tiefpunkt erreicht. Er spielte mit dem Gedanken, nach Oberitalien zurückzukehren und Gallien vorläufig aufzugeben, doch dann kam ihm das ungestüme Wesen und der Größenwahn seiner Widersacher zu Hilfe. Wie stets verstand er es auch diesmal, das Beste aus einer aussichtslosen Situation herauszuholen.

Zunächst wollte er sich, von angeworbenen germanischen Reitern flankiert, auf die Gallia Narbonensis zurückziehen, um die von aufständischen Allobrogern blockierten Gebirgswege nach Oberitalien zu öffnen. Die Kelten, denen dieser Rückzug von Spionen gemeldet worden war, sahen nun die beste Gelegenheit für einen Überfall und die letzte große Entscheidungsschlacht gekommen. Vercingetorix war gegen eine offene Konfrontation, konnte aber seine heißblütigen Freischärler, die sich seit dem Sieg von Gergovia in einem Freudentaumel befanden und sich als unbezwingbare Kämpfer sahen, nicht zurückhalten. Sie leisteten den heiligen Schwur, daß derjenige, der nicht zumindest zweimal durch den feindlichen Zug hindurchgeritten sei, nicht mehr zu Hause aufgenommen werden solle und keinen Zutritt zu Kindern, Eltern und Frau haben dürfe, und warfen sich mit infernalischem

Kampfgeschrei dem Feind entgegen. Das war ihr Verhängnis. Caesar wies den Angriff ab, indem er die anstürmenden Truppen an der rasch formierten Schildmauer auflaufen ließ und sie dann mit exerziermäßig ausgeführten Schwenkungen in eine tödliche Zange nahm. Wer nicht getötet wurde, ergriff überstürzt die Flucht. Mit diesem einen unglückseligen Gefecht waren alle in den Partisanenkämpfen mühsam errungenen Erfolge verspielt. Caesar ließ zum Schutz der Nachschubeinheiten zwei Legionen am Kampfplatz zurück und verfolgte die versprengten Haufen bis unter die Mauern von Alesia, wo sie sich verschanzten. Nach kurzem Augenschein war ihm klar, daß das am steilen Mont Auxois gelegene, gut befestigte Oppidum nur durch Belagerung erobert werden konnte. Er war bereit, alles, einschließlich seines eigenen Lebens, auf eine Karte zu setzen und die große Chance zu nutzen. Da er die Belagerten mit seinen Truppen allein nicht einschließen konnte, nahm er sich vor, ein unüberwindliches Bollwerk zu bauen. Der letzte Akt hatte begonnen.

Als die Schanzarbeiten bereits voll in Gang waren, stolperte ein kleiner, rundlicher Legionär, der in der Rüstung einen sehr unbehaglichen Eindruck machte und immer wieder den Helm aus den Augen heben mußte, auf das Gelände. Er wurde von einem Centurio angeschnauzt und einem Bautrupp zugeteilt.

Innerhalb der Stadtmauern herrschte ein Gedränge und eine Aufregung wie auf einem untergehenden Schiff. Claus Ostwald, der die Massen um Hauptes-länge überragte, stieg auf einen Brunnen, um einen noch besseren Überblick zu haben. Obwohl er ziemlich erschöpft war, war er mit Feuereifer bei der Sache. Er wollte nicht darüber nachdenken, wie es kam, daß er sich plötzlich im Zentrum eines Wirbelsturmes befand, der »Der Gallische Krieg« genannt wurde. Er wollte wie ein Kameraauge das dramatische Geschehen registrieren, alles in sich aufsaugen und sich Notizen machen. Er wollte, davon ließ er nicht ab, einen gigantischen Roman schreiben. Er wollte überleben. Nun zog er mit den Zähnen die Kappe seines Stiftes ab und klappte das kleine Ringbuch auf, das er aus seiner Gesäßtasche holte.

»Alesia, im Sommer 52 BC. Innerhalb der Stadtmauern herrscht ein Gedränge und eine Aufregung wie auf einem untergehenden Schiff. Die rechtmäßige Bevölkerung – vorwiegend Frauen, Kinder und alte Männer – wirkt ängstlich und verstört. Sie wird von den achtzigtausend hierher geflohenen Soldaten, denen langsam der Schrecken aus den Knochen weicht, förmlich an die Wand gedrückt. Man ist sich der Ernsthaftigkeit der Lage bewußt. Man weiß, wer vor der Tür steht. Mit bangem Gesichtsausdruck erwartet man den Oberbefehlshaber Vercingetorix, der sich zur ernsten, aber nicht aussichtslosen Situation äußern und seine Anordnungen treffen wird. Von ihm, der bisher noch alles vorausgesehen hat, erwartet man sich die Rettung. Er ist der einzige …«

Ostwald hörte zu schreiben auf, als rundherum Hochrufe erschallten und Schwerter klirrten. Nun kam Bewegung in die Menge, denn es trat, abgeschirmt von seiner Leibstandarte von Milchbrüdern, der oberste Feldherr auf. Ostwald reckte den Hals und war erstaunt, als er sah, wie jung Vercingetorix noch war. Ein Zwanzigjähriger mit der Statur eines amerikanischen Surfers, der aber zweifellos Autorität und eine ungeheure Kraft ausstrahlte. Seine langen blonden Haare, die mit Gipswasser versteift waren, standen wie eine Pferdemähne nach hinten, von der Oberlippe hing ihm ein mächtiger Schnauzbart. Er trug eine an der Brust mit blitzenden Metallplättchen verstärkte Tunika, grelle Hosen, einen schwarzen Umhang und bis zu den Knien geschnürte Kampfstiefel. An der geschmeidigen Hüfte baumelte ein riesiges Eisenschwert, dessen Griff mit funkelnden Edelsteinen besetzt war. Der goldene, wie ein Seil gedrehte Torque blitzte an seinem Hals auf, als er leichtfüßig auf ein vorbereitetes Podest stieg. Er ließ seinen scharfen Adlerblick über seine Untertanen schweifen, schaute kurz zum bewölkten Himmel auf und setzte dann mit einer tiefen, bis in die letzten Winkel dringenden Stimme zu einer mitreißenden Rede an. Ostwald war begeistert. Später sollte er seine Eindrücke notieren.

»Vercingetorix, ein richtiger Sonnenheld, versteht es, von der ersten Sekunde weg seine Zuhörer zu fesseln. Er läßt keinen Zweifel daran, wer er ist. Der Sohn des Königs Celtillus. Der einzige, der es an Härte, Intelligenz und Kriegskunst mit Gaius Julius Caesar aufnehmen kann. Entschlossen bis zum Fanatismus. Ein Diener seines Volkes, das er aus der Knechtschaft führen wird. Obwohl er es nicht direkt ausspricht, ist doch jedem seine Botschaft klar: Hättet ihr Schwachköpfe bereits nach Gergovia auf mich gehört, würdet ihr jetzt nicht dermaßen in der Klemme sitzen. Also werde ich jedem, der meinem Befehl nicht folgt, eigenhändig den Kopf abschlagen. Das totale Kommando kann, da ich auf meinem

Posten bei der Truppe ausgeharrt habe, nur in meinen Händen liegen. Die Losung lautet: Sieg oder Tod!

Im weiteren geht er auf die konkrete Lage ein und ordnet an, was zu tun ist. Alles vorhandene Getreide, das bei sparsamer Zuteilung einen Monat reichen wird, ist zu ihm zu bringen. Zuwiderhandelnde werden mit dem Tode bestraft. Das Kleinvieh verteilt er sofort an die Bevölkerung und seine Krieger. Unter den schwierigen, entbehrungsreichen Bedingungen muß nun das Eintreffen der Hilfstruppen abgewartet werden. Man wird aber nicht tatenlos zusehen, wie der Feind seinen Belagerungsring schließt, sondern durch zahlreiche Ausfälle die Schanzarbeiten, so gut es geht, stören und Unmengen an Sturmmaterial bereitstellen. Man benötigt Flechtwerk und Erde, um die Gräben aufzufüllen, Leitern und lange Stangen mit Haken, um die Palisaden einzureißen, fahrbare Dächer, in deren Schutz man sich anpirschen kann. Verdunkelt das Entsatzheer dann erst den Horizont, wird man den Feind von zwei Seiten angreifen und wie zwischen Mühlsteinen zermalmen. Das tapfere keltische Volk, es lebe hoch!«

Nachdem Vercingetorix seine Rede beendet hatte, brachen die Zuhörer in Begeisterungsstürme aus und führten wilde Kriegstänze auf. Das war typisch für die Kelten: Eine zündende Rede galt ihnen noch allemal mehr als die Wirklichkeit. Kaum hatte jemand ihre Wünsche ausgesprochen, sahen sie sich schon am Ziel ihrer Träume. Wozu sich Sorgen machen, wenn doch nichts schiefgehen konnte? Vercingetorix war zu bedauern. Wie sollte er mit diesen undisziplinierten Recken, die nur kräftig draufhauen wollten, einen Krieg gegen die bestfunktionierende Militärmaschinerie der Welt gewinnen? Wie seine Strategie durchsetzen? Helfen konnten jetzt nur noch die Götter.

Ostwald bahnte sich, während sich Vercingetorix mit seinen Druiden und den engsten Vertrauten wieder zurückzog, einen Weg durch die ausgelassenen Massen. Trotz seiner aufgepeitschten Stimmung und dem Wissen, wer in diesem Fall die Götter waren, war ihm angesichts der Dimensionen, in die sie da geraten waren, auch sehr mulmig zumute. Die Götter, die gerade noch in einem Hotelrestaurant des zwanzigsten Jahrhunderts gesessen waren, waren plötzlich in die wüstesten Kampfhandlungen der Prähistorie involviert. Würden sie den Waffengang überleben?

Ostwald stieg auf die Befestigungsanlage hinauf und blickte in das Tal hinunter, aus dem ohne Unterbrechung die Axt- und Hammerschläge heraufhallten. Eine aggressive Geräuschkulisse, die einen zermürben konnte. Irgendwo da draußen im Feld stand sein Freund Robert Steiner, von dem nun alles abhing. Auf seiner unförmigen Gestalt ruhten alle Hoffnungen. Konnte er die Mission, die sie ja selbst erfunden hatten, erfüllen, würde die europäische Geschichte und somit die Geschichte der Welt einen anderen Verlauf nehmen. Die Frage war nur: War ein kleiner fetter Lehrer aus Wien-Ottakring fähig, einen Menschen zu töten? Und wenn ja, was dann? Wie sollten sie in ihr früheres Leben zurückfinden? Und wie würde dieses Leben nach diesem einschneidenden Eingriff in die Historie überhaupt aussehen?

Als Ostwald glaubte, sein Hirn würde wegen Überbeanspruchung gleich explodieren, fiel sein

Blick auf ein Wesen, das ihn beruhigte. Es war Viviane, die, frisch wie immer, die Leiter heraufstieg. Während Vercingetorix den knallharten Feldherrn darstellte, war sie der gute Geist unter den Eingeschlossenen. Sie half rund um die Uhr, wo sie nur konnte, tröstete, verteilte Lebensmittel, nahm brüllende Kinder auf den Arm, pflegte Wunden. Eine überragende Frau, in die Ostwald sich auf Anhieb unsterblich verliebt hatte und das, obwohl sie im Grunde sein Geschöpf war. Er reichte ihr die Hand und zog sie das letzte Stück herauf.

Heil Euch, Göttin!

Ich bin keine Göttin, sagte Viviane, nur eine Kriegerin, die verbissen für ihr Volk kämpft. Das göttliche Prinzip wird nun von anderer Seite verkörpert.

Ostwald nickte stumm und starrte eifersüchtig in das Tal, wo es von schwarzen Punkten wimmelte. Nach einer Weile sagte er: Und wie wird uns unser großer strahlender Held nun tatsächlich erretten? Ich denke nicht, daß von diesem Gott allzuviel zu erwarten ist.

Viviane zog ihn näher an sich heran. Sie sei heraufgekommen, flüsterte sie, ihm den Plan zu erklären. Es dürfte aber, um durch den Hinweis auf das Eingreifen eines Gottes nicht von vornherein die Kampfkraft zu schwächen, niemand anderer davon erfahren. Steiner werde erst zuschlagen, sobald das Entsatzheer eingetroffen sei. Habe er dann seine Aufgabe erfüllt und steckten die Römer erst in der Zange, würden er und auch Ostwald augenblicklich in ihre eigene Welt zurückkehren. Sie hätten im günstigen Falle also nichts zu befürchten.

Während Viviane nun ins Detail ging, dachte Ostwald, daß als Autor eigentlich er für die Strategie zuständig hätte sein müssen. Es war ihm gar nicht recht, daß man ihm einfach das Heft aus der Hand nahm. Und während er gierig Vivianes Duft einsog, war er sich auch gar nicht mehr so sicher, ob er überhaupt jemals wieder von hier weg und in das Leben eines Krebspatienten zurückkehren wollte. Vielleicht wollte er ja in Steiners Fußstapfen als großer Liebender und unermüdlicher Liebhaber treten. Vielleicht war das seine Bestimmung.

Es ging alles blitzschnell. Das durchgescheuerte Seil, mit dem man einen Baumstamm zur obersten Plattform des Befestigungsturms gehievt hatte, riß mit einem Zischlaut, und der Baumstamm knallte runter und zerschmetterte einen Soldaten. Der Mensch, der gerade noch als Palisadenbauer tätig gewesen war, zuckte noch einmal und gab den Geist auf, während sich eine Blutlache ausbreitete und den Boden tränkte. Für einen Augenblick war ein eisiger Hauch zu spüren.

Robert Steiner schrie gellend auf und wandte sich entsetzt ab. Das tragische Unglück erinnerte ihn schlagartig daran, in welch gefährlicher Situation er sich befand. Wäre er nur wenige Meter links gestanden, würde jetzt er da in seinem Blut liegen. Er wischte sich den Schweiß ab und verfluchte insgeheim die unerklärlichen Umstände, die ihn in diese grauenhafte Welt geführt hatten. Seine Nerven brannten wie Feuer.

Nachdem die römischen Pioniere den Leichnam ohne großen emotionalen Aufwand beiseite geschafft hatten, machten sie sich wieder an die Arbeit. Schon seit Wochen funktionierten sie Tag und Nacht wie eine Maschine. Inzwischen war das eine, gegen

Alesia gerichtete Befestigungswerk beinahe fertig. Es bestand aus einem siebzehn Kilometer langen Graben, der sieben Meter tief und genauso breit war. Dahinter lag ein vierhundert Meter breiter Streifen freies Gelände. Es folgten zwei fünf Meter tiefe Gräben, von denen einer mit dem Wasser des nahen Oserain gefüllt wurde. Dann ließ Caesar über die gesamte Länge einen Erdwall aufschütten, auf dem eine vier Meter hohe Mauer gebaut wurde, die wiederum mit einer Brustwehr, Zinnen und im Abstand von dreißig Metern mit dreistöckigen Wachtürmen versehen war. Im Vorfeld wurden noch etliche Grabenreihen ausgehoben, in die man zugespitzte, mit Feuer gehärtete Pfähle setzte, die, mit Weidenruten zugedeckt, absolut tödlich waren. Die Legionäre nannten diese Menschenfallen sinnigerweise Leichensteine. Den Abschluß bildeten Fußangeln aus Dornengestrüpp und in den Boden eingegrabene Pflöcke mit eisernen Widerhaken. Und weil Caesar sein Werk ganz besonders gut gefiel, ließ er es gleich noch einmal bauen. Diesmal zeigte es in die Richtung der zu erwartenden Hilfstruppen und war einundzwanzig Kilometer lang. Zwischen den beiden Ringen legte er Kavallerie- und Infanterielager und dreiundzwanzig Kastelle an. Um auch eine eventuelle Belagerung durch das Entsatzheer zu überstehen, ließ er Vorräte stapeln. Nun war er gegen beide Seiten geschützt und konnte im Notfall seine Truppen zusammenziehen, wo er sie brauchte.

Steiner saß in voller Panier an einem schwelenden Lagerfeuer und verschlang das Brot, das ihm ein Gemeiner, da er mit der Handmühle nicht umgehen konnte, aus seiner Getreidezuteilung zubereitet hatte. Er galt hier als etwas zurückgebliebener

Schwächling, den man in einer fernen Provinz ausgehoben hatte, sozusagen als unterbelichteter Primitiver. Vor Müdigkeit konnte er kaum noch die Augen offenhalten, und er fürchtete, daß er bald wieder zum Arbeitsdienst aufgerufen würde. Nie im Leben hätte er sich träumen lassen, welch verheerende Knochenarbeit das Kriegshandwerk war. Seit mehr als zwei Wochen standen sie nun schon im Dauereinsatz, der nur von kurzen Schlaf- und Erholungspausen unterbrochen wurde. Er war zur Bauholz- und Getreidebeschaffung abkommandiert gewesen, hatte gegraben und Erde geschleppt. Dazu kam noch das Leben im Feld: Kälte, Regen, keine Waschgelegenheiten…

Während die regulären Legionäre für ihren geliebten Feldherrn ohne zu murren das Letzte gaben, wurde er, da er sich ja für den Feind verausgabte, von Tag zu Tag unglücklicher. Die doppelte Belastung des Undercover-Agenten. Seine Hände waren inzwischen mit fürchterlichen Blasen übersät, die Muskeln schmerzten, als hätte man sie mit glühenden Eisen bearbeitet. Aber aufgeben durfte er dennoch nicht. Solange der äußere Belagerungsring noch nicht geschlossen war, hätte er immer noch die Flucht ergreifen können. Aber wo, um Himmels willen, sollte er denn ohne Vivianes Hilfe hin? Wie sollte er als Deserteur der römischen Armee in das zwanzigste Jahrhundert zurückfinden? Also mußte er durchhalten, bis die Bündnistruppen eingetroffen waren und er seine Mission erfüllen konnte, eine Mission, die ihn nach wie vor in Schrecken versetzte. Es war nun mal keine leichte Aufgabe, aus nächster Nähe einen Menschen zu töten, noch dazu einen Heerführer vom Format eines Caesar. Schaltete er aber den genialen Aggressor nicht aus, würden er und Ostwald niemals aus diesem Hexenkessel rauskommen und die Kelten auf ewig verloren sein. Hier herrschte Kriegsrecht. Hätte er gewußt, was auf ihn zukommen würde, hätte er sich mit den entsprechenden Waffen ausgerüstet. Mit einer MP oder ein paar Handgranaten wäre das Ganze ein Kinderspiel gewesen. Aber so? Würde er mit dem Dolch überhaupt durch die Rüstung kommen? Brutus und seine Spießgesellen hatten immerhin auch mehr als zwanzig Stiche benötigt, obwohl Caesar damals nur eine Toga trug. Am besten würde sein, wenn er zum gegebenen Zeitpunkt kurz und bündig in die Halsschlagader stach. Keine Schwäche oder Skrupel!

Er schluckte den letzten Bissen hinunter und wischte die Brösel von den Knien. An so schreckliche Dinge wollte er jetzt aber noch gar nicht denken. Wenn er nicht zu erschöpft und dumpf war, stellte er sich statt dessen Fragen wie: Was ist Zeit? Was ist Wirklichkeit? Wie funktioniert Bewußtsein? Wie habe ich Unglückseliger in diese Parallelwelt geraten können? Wie komme ich, wenn ich versage, wieder raus? Ist alles nur ein Traum, den ein anderer träumt?

Und dann zuckte er plötzlich heftig zusammen, denn da stand er direkt vor ihm: Caesar! Sein Opfer! Der Feind! Die Soldaten sprangen vom Feuer auf und umringten unter Salve- und Salutrufen ihren Halbgott, der, nur von einer kleinen Eskorte begleitet, auf einer Inspektionstour vorbeischaute. Steiner blieb sitzen und blinzelte verstohlen. Das war nun also der Mann, der bereits als Jugendlicher die Seeräuber, die ihn gefangengenommen hatten, vor sich knien ließ. Der große Feldherr, Redner und Intrigant. Das Behältnis für einen ungeheuren Willen. Der große Stilist, der sogar zwischen den heftigsten Kampfhandlungen Muse zum Schreiben und für seine Studien fand. Der hagere Staatsmann, der von einem krankhaften Ehrgeiz vorwärtsgepeitscht wurde. Der die Politik vom Himmel auf die Erde geholt hatte. Der Schlappen wegsteckte wie ein anderer sein Taschentuch. Er trug eine prächtige Rüstung, einen Siegelring mit einer Venus in Waffen, aber nicht den purpurroten Feldherrnmantel, der bei seiner Liquidierung eine bedeutende Rolle spielen sollte. Gut gelaunt und voll im Saft, ließ er da ein Scherzwort fallen, erkundigte sich dort nach einer Verwundung, nannte da einen Unteroffizier beim Namen. Seine Männer dankten es ihm mit Treue und bekundeten mit Tränen in den Augen, daß sie für ihr Idol ohne mit der Wimper zu zucken in den Tod gehen würden. Die Entbehrungen und Zweifel der letzten Zeit waren mit einem Schlag wie weggewischt. Der Sieg war beschlossene Sache.

Nur Robert Steiner, den die Zusammenkunft tief getroffen hatte, konnte sich dem allgemeinen Freudentaumel nicht anschließen. Er wollte sich gerade still und heimlich aus dem Feuerkreis entfernen, als ihn Caesar an der gepanzerten Schulter zurückhielt und ihm fest in die Augen schaute. Er wurde rot im Gesicht wie ein Schuljunge und glaubte, vor Aufregung jeden Moment bewußtlos in den Dreck zu sinken. Da lachte der oberste Kriegsherr und sagte, wie glücklich er sich preise, derart tapfere Kämpfer in seinen Reihen zu haben. Bei einem Erfolg dürfe jeder mit fünfzig Goldstücken und einem schönen Stück Land rechnen. Steiner nickte wie eine mechanische Puppe und setzte sich, während die anderen erneut in Freudengeschrei ausbrachen, benommen wieder hin. Nun wußte er, worauf er sich da tatsächlich eingelassen hatte. Er war froh, daß er bald darauf zum Grabenbuddeln abmarschieren mußte.

»Der Hunger tötet jede Hoffnung. Obwohl nach circa einem Monat die Getreidevorräte so gut wie aufgebraucht sind und es nichts mehr zu essen gibt, riecht es im belagerten Oppidum ständig nach verfaulten Zitronen. Es sieht ganz danach aus, als würde Caesars Aushungerungstaktik erfolgreich sein, denn vom Entsatzheer fehlt nach wie vor jede Spur.

Dementsprechend miserabel ist die allgemeine Verfassung. Schon werden Stimmen laut, die vom Verrat der Bündnispartner sprechen. Man fühlt sich allgemein im Stich gelassen und ausgeliefert. Die Führung hat alle Hände voll zu tun, um die Krieger und Bewohner bei Laune zu halten. Ein eilends einberufener Kriegsrat soll nun die nötigen Entscheidungen treffen und die weitere Vorgehensweise festlegen. Man sieht ihm mit großer Spannung entgegen.«

Claus Ostwald klappte das zerfledderte Notizbuch zu, verschloß den Stift, der beinahe ausgeschrieben war, und blickte auf. In der Nähe des Brunnens wurden die Leichen dreier Zivilisten, die an Entkräftung gestorben waren, an eine Hauswand gelehnt. Wie sie da im Sonnenlicht saßen, wirkten sie wie ägyptische Mumien. Das schaurige Bild schnitt Ostwald tief ins Mark, und für einen Sekundenbruchteil sah er sich selbst auf einem Scheiterhaufen aufgebahrt. Er schlug wild in die Luft, als könnte er dadurch die Gegenwärtigkeit des Todes aufheben.

Sosehr er sich auch bemühte, für sich selbst die Fassade des harten Schriftstellers, des Kriegsberichterstatters aufrechtzuerhalten, so verängstigt und mitgenommen war er doch. Das hier war kein Spiel und kein Abenteuerurlaub mehr, das war ein Aufenthalt in der Hölle, und er selbst war ein tragischer Notfall. Seit Wochen ging es nun schon immer mehr mit ihm bergab, so daß er dringend ärztliche Hilfe benötigt hätte. Er hatte derart an Gewicht verloren, daß er meinte, ein Windstoß könne sein von Lumpen umflattertes Knochengerüst über die Stadtmauer tragen. Seine Augen waren rotgerändert, die Hände zitterten unkontrolliert, und immer wieder streckten ihn kurze heftige Fieberanfälle hin. Mußte er sich übergeben, kam nur noch Galle hoch. Seine einzige Hoffnung war, daß die Entsatztruppen bald eintrafen und Steiner zuschlug, damit sie den Heimweg antreten konnten. Den weiteren Verlauf des Gallischen Krieges würde er dann von einem Schreibtisch in Hallstatt aus verfolgen, möglicherweise mußte er seinen Beobachtungsposten auch in einem Krankenbett aufschlagen. Doch solange er sich noch im Zentrum des Geschehens befand, wollte er soviel wie möglich an Eindrücken mitnehmen, und so raffte er sich immer wieder auf. Vornübergebeugt wie ein Greis, schleppte er sich durch das düstere, schreiende Elend, vorbei an apathischen, halb verhungerten Menschen, an Kriegern, die mit kindischen Spielen ihre Verzweiflung niederkämpften, in die weite Halle eines Bürgerhauses, in der der Kriegsrat tagte.

Die Stimmung war ernst und bedrückend. Keine Rede mehr vom heiteren Wesen, der unbekümmerten Vitalität und der sympathischen Prahlsucht der

Kelten. Kleinlaut trugen verschiedene Parteien der Führungsschicht drei Möglichkeiten vor, wie der aussichtslosen Situation begegnet werden könnte. Entweder man kapitulierte sofort, wagte einen Ausfall, solange die Kräfte noch reichten, oder versuchte trotz der Hungersnot auszuharren. Da allen drei Vorschlägen über kurz oder lang der Odem des Untergangs anhing, war keine Einigkeit zu erzielen. Vercingetorix hielt sich vornehm im Hintergrund, dafür trat nun Critognatus auf den Plan, ein martialischer Krieger, der einer einflußreichen Familie bei den Avernern entstammte. Er allein schien noch die alten kämpferischen Tugenden hochhalten zu wollen. Er schickte entschlossene Blicke in alle Richtungen und legte mit einer flammenden Rede los.

Er werde kein Wort über jene verlieren, rief er aus, die die schmählichste Sklaverei als Kapitulation bezeichneten, aber er fordere, daß sie sofort von dieser Versammlung ausgeschlossen würden. Die Befürworter eines Ausfalls müßten als tapfer, aber auch als verweichlicht angesehen werden, da sie unfähig seien, für kurze Zeit Entbehrungen zu ertragen. Es sei kein richtiger Mann, wer lieber bereitwillig in den Tod gehe, anstatt geduldig Schmerzen zu ertragen. Es gehe aber nicht nur um den Tod der hier Eingeschlossenen, es gehe um ganz Gallien. Ja, er wisse von den Stimmen, die den Bündnispartnern Verrat vorwürfen, weil sie nicht zum vereinbarten Zeitpunkt eingetroffen seien. Warum aber mühten sich dann die Römer Tag und Nacht auf den äußeren Teilen ihrer Befestigungen ab? Sei das nicht Zeichen genug für das Näherrücken der Getreuen? Und wie würden die sich fühlen, müßten sie praktisch auf den Leichen von achtzigtausend Kameraden kämpfen? Sein Rat sei also, sich weder zu ergeben noch einen Ausfall zu wagen, sondern dem Beispiel der Ahnen im Kampf gegen die Kimbern und Teutonen zu folgen. Die hätten sich nicht einschüchtern lassen und sich von den Körpern jener ernährt, die aufgrund ihres Alters oder Zustands zum Kriegsdienst nicht mehr fähig gewesen waren. Würde es dieses heroische Beispiel aus großer keltischer Zeit nicht geben, müßte man es erfinden, denn es gehe um die Freiheit Galliens und gegen ewige Sklaverei. Dafür sei kein Opfer zu groß.

Das war nun wahrlich starker Tobak. Ostwald war einer Ohnmacht nahe, als er daran dachte, daß man ihn unter Umständen töten und auffressen würde. Später, als ihn Viviane in einem Tempel verborgen hielt, notierte er:

»Heftiger Entrüstungssturm. Vercingetorix redet für alle, als er meint, man würde lieber jedes andere Schicksal erleiden, als auf den Vorschlag von Critognatus zurückzukommen. Große Erleichterung bei mir, da sich die geliebten Kelten doch nicht zum Äußersten, zum Kannibalismus, hinreißen lassen. Dafür wird aber eine andere unmenschliche Entscheidung gefällt: Alle mandubischen Zivilisten, Frauen, Kinder, Alte und Kranke müssen umgehend die Festung verlassen, um nicht als unnütze Esser die Kampfkraft zu schwächen. Wie sie Caesars Ring durchbrechen sollen, sagt man ihnen allerdings nicht. Es ist kaum noch zu ertragen. Ich will raus aus diesem Alptraum. Sofort. Ich kann nicht mehr.«

Critognatus hatte recht behalten: Wenige Tage später donnerte wie eine Lawine, keine Sekunde zu früh, doch noch das Entsatzheer heran. Unter den

Heerführern Commius, Vividomarus, Eporedorix und Vercassivellaunus ergossen sich 250000 Fußsoldaten und 8000 Reiter, die man bei fünfundvierzig Stämmen ausgemustert hatte, in die Ebene. Selbstbewußt und stürmisch wie sie waren, dachten sie, der Feind könne den bloßen Anblick der beeindruckenden Menge nicht aushalten. Sie setzten sich nur zwei Kilometer vom äußeren römischen Befestigungswall fest und errichteten ihr Lager. Zum gegebenen Zeitpunkt würde man die Gefechte eröffnen und ein für allemal Schluß machen mit den widerwärtigen Invasoren.

In den römischen Reihen herrschten Schrecken und große Aufregung. Der Tumullus gallicus tat noch immer seine Wirkung. Fieberhaft wurden die Truppen auf beiden Seiten des Befestigungsgürtels verteilt und die Posten besetzt. Nur ein Legionär, Robert Steiner, konnte seine Freude kaum verbergen. Endlich war der nervenzerfetzende Stellungskrieg zu Ende, das bange Warten, endlich konnte ans Handeln gedacht werden. Hätte es noch länger gedauert, wäre er sicher zusammengebrochen, denn die letzten Tage waren ein einziger Horror gewesen. Voll Schaudern dachte er an die grausamste Erfahrung seines bisherigen Lebens zurück, die er wohl nie vergessen würde können. Schier unerträglich hallten in seinem Kopf jetzt wieder die Schreie nach, denen nicht zu entkommen war.

Nachdem man die mandubischen Zivilisten aus Alesia vertrieben hatte, irrten sie verzweifelt im Niemandsland zwischen den Fronten herum und flehten die Römer um Nahrung und um Aufnahme an. Die Brüste entblößt, boten die Frauen sich und die ihren als Sklaven an, aber Caesar blieb hart. Er ließ die zerschundenen Kreaturen von seinen Wachtposten abweisen, was ihr Todesurteil bedeutete. Tagelang waren in der Folge die Schreie jener zu hören, die von den Fußangeln zerfetzt und in den getarnten Gruben gepfählt wurden, in den Wassergräben ertranken oder schlicht vor Hunger und Erschöpfung auf der Strecke blieben. Eine menschliche Tragödie von unbegreiflicher Härte, das nackte Grauen. Eben Krieg.

Steiner hatte gemeint, er würde vor Schmerz den Verstand verlieren. Sein Haß steigerte sich ins Unermeßliche, einerseits auf die Kelten, die ihre eigenen Leute in den Tod schickten, noch mehr jedoch auf Caesar, der durch seine Expansionswut alles Elend erst hervorgerufen hatte. Doch nun war der Zeitpunkt für die Rache und den Vergeltungsschlag gekommen. Er war Feuer und Flamme für seine Aufgabe. Vergessen die Strapazen und Belastungen der letzten Zeit, kein Zweifeln und Zaudern mehr. Er wollte es endlich hinter sich bringen. Jetzt konnte er zeigen, was wirklich in ihm steckte.

Nach kurzer Zeit ließ Commius die Reiter aus dem Lager ausrücken. Sie füllten das gesamte Gelände, das sich immerhin fünf Kilometer in Längsrichtung erstreckte. Die Infanterie stellte er etwas abseits auf den Anhöhen auf. Als nun auch von Alesia aus das riesige Heer zu sehen war, brach unbeschreiblicher Jubel aus. Man verständigte sich durch Signale über die Köpfe der Römer hinweg und traf hektische Vorbereitungen für den Ausfall. Wenn man den verhaßten Feind von zwei Seiten in die Zange nahm, konnte man ihn, wie es Vercingetorix vorausgesagt hatte, tatsächlich wie zwischen Mühlsteinen zerquetschen. Attacke! Attacke!

Robert Steiner ging noch einmal in Gedanken Vivianes Umsturzplan durch: Er mußte versuchen, in Caesars Nähe zu gelangen, sich dort zu halten und ihn allein zu erwischen. Im geeigneten Moment würde er im Zelt oder auf der Latrine den Prokonsul töten, seine Rüstung anlegen, den purpurroten Feldherrnmantel an sich nehmen und die Legionen in die Arme der keltischen Krieger führen, damit die sie seelenruhig abschlachten konnten. Commius und seine Feldherren waren durch Viviane informiert. Man wartete auf das Heransprengen eines falschen Gaius Julius Caesar.

»Es gibt keinen Gallischen Krieg. Der Krieg ist in mir. Feuersbrünste und Atomexplosionen. Vulkanausbrüche und Erdbeben. In mir werden Raumschiffe und Raketen abgeschossen. Hexen werden am Scheiterhaufen verbrannt. Ketzer ans Kreuz geschlagen. Hilfe, ich brenne auch! Explosive Entladungen. Es geht zu Ende. Blut fließt den Horizont hinauf. Ich…«

Claus Ostwald fielen das Notizbuch und der Stift aus der Hand. Nun lag er in Vivianes Armen in einem traumlosen Dämmer. Sein eingefallenes Gesicht und die aufgesprungenen Lippen waren gelblichgrau, die Haare fahl wie verfaultes Stroh, die einstmals strahlendblauen Augen stumpf wie ein blinder Spiegel. Obwohl er sie weit aufgerissen hatte, nahm er nichts mehr wahr. So konnte er nicht sehen, wie rund um ihn die letzten Vorbereitungen für den Endkampf im Befreiungskrieg getroffen wurden. Er sah jetzt ein blendendweißes Licht aufstrahlen und spürte, wie er von einer unsichtbaren Kraft hochgehoben wurde und immer höher und höher stieg…

Viviane umarmte ihn heftig und küßte ihn auf den Mund.

Unterdessen ließ Vercingetorix seine Truppen aus Alesia herausführen und vor der Stadt lagern. Die Soldaten deckten den ersten Graben mit Flechtwerk zu und füllten ihn mit Erde auf, damit sie zum entscheidenden Zeitpunkt zum Sturm auf die römischen Befestigungsanlagen ansetzen konnten. Doch noch war alles ruhig. Die Spannung lag wie Blei auf den Lagern, der Zusammenprall war nur noch eine Frage der Zeit. Caesar opferte dem Mars, während die keltischen Druiden ihre Götter für einen günstigen Ausgang der Schlacht beschworen. Sämtliche Anführer richteten aufbauende Ansprachen an ihre Truppen. Am Ende war es Caesar, der den Kampf eröffnete, indem er seine Reiterei ausrücken ließ.

Das Gefecht der beiden gewaltigen Reiterheere war von den umliegenden Hügeln aus gut einzusehen. Die versammelten keltischen Infanteristen feuerten ihre Mannschaft mit infernalischem Geschrei und wüsten Kampfrufen an, während die Römer das Gemetzel stumm verfolgten. Robert Steiner war vollkommen überwältigt und schüttelte immer wieder den Kopf, auf dem der Helm mit dem Federbusch saß. Er kam sich vor wie in einem Film von Akiro Kurosawa, nur daß die Reiter, die da unten in einer mörderischen Choreographie aufeinander einhieben, wirklich tot waren, wenn sie vom Pferd stürzten. Keine Special effects, Zeitlupenwiederholungen oder verspritztes Ketchup. Hier wollten die Waffen richtiges Blut trinken und bekamen es auch. Hier war nichts getürkt. Hier ging es um Leben und Tod eines ganzen Volkes. Hier war alles garantiert echt.

Über dieser Erkenntnis verlor Steiner wie in einem Rausch jedes Gefühl für sich selbst, und in seinem Inneren stiegen nicht gekannte blutrünstige Instinkte auf, so daß er sich augenblicklich persönlich ins Kampfgetümmel werfen wollte. Mit einer beinahe schmerzhaften Intensität erkannte er die Nähe von Lust und Leid, von Leben und Tod. Während ihn also der Furor packte, blickte er sich grimmig nach Caesar um, obwohl er immer mehr bezweifelte, daß er in dieser Auseinandersetzung von Hunderttausenden kampferprobten Männern tatsächlich etwas ausrichten konnte. Aber versuchen mußte er es wenigstens. Für Ostwald und Viviane, für die keltischen Brüder und Schwestern, auch für sich selbst. Wo war also der Hund? Wann konnte er ihm endlich die Klinge in den Hals treiben?

Caesar stand, umgeben von seinen Legaten, Militärtribunen und Centurionen, auf einem Hügel und dirigierte mittels Eilboten seine Reiterkompanien, die inzwischen arg in Bedrängnis geraten waren. Steiner erkannte, daß da jetzt nichts zu machen war. Er mußte auf einen günstigen Zeitpunkt während einer Gefechtspause warten, am besten in der Nacht, wenn alles ruhig war. So wandte er sich hochgestimmt wieder dem Kampfgeschehen zu und feuerte insgeheim seine Mannschaft an.

Die Kelten ritten in geschlossenen Geschwadern an und schleuderten ihre Wurfspeere auf den Feind. Als besonderen taktischen Schachzug hatten sie einzelne Bogenschützen zwischen den Reitern verteilt, die jeder Attacke einen Pfeilhagel vorausschickten. Waren die Speere geworfen, blieben die Reiterschwerter, die zum Hieb geeignet waren. Mußten die Reiter zurückweichen, konnten sie sich hinter den Bogenschützen verschanzen, deren Langbogen auf einige hundert Meter trafen. Mit dieser Taktik gelang es den Kelten, zahlreiche Römer zu töten oder zu verwunden. Schwerter spalteten Schädel, Pfeile drangen sirrend ins Fleisch, Wurfspeere durchschlugen Leiber, das Gelände füllte sich mit Leichen, Pferdehufe zermalmten Knochen. Je mehr die Freiheitskämpfer die Oberhand gewannen, desto lauter wurde das Gebrüll ihrer Schlachtenbummler. Da die Kämpfer vor den Augen eines riesigen Publikums agierten, legten sie sich ganz besonders ins Zeug und schwangen sich zu höchster Tapferkeit auf. Dennoch war der Ausgang dieses ersten Waffengangs für die Kelten sehr enttäuschend.

Nachdem die Schlacht von Mittag bis zum Sonnenuntergang getobt hatte, ohne daß eine Entscheidung gefallen wäre, konzentrierten Caesars germanische Elitetruppen plötzlich alle ihre Reiterabteilungen auf eine Stelle, machten einen Sturmangriff und schlugen den Feind in die Flucht. Dabei fanden viele keltische Reiter und Bogenschützen den Tod, der Rest wurde bis zu den Lagern zurückgetrieben. Das Heer von Vercingetorix, das aus Alesia vorgerückt war, zog sich niedergeschlagen in die Stadt zurück. Während auf der römischen Seite nun großer Jubel herrschte, waren der Mut und die Siegesgewißheit der Kelten etwas abgekühlt. Man sammelte sich für einen erneuten Versuch.

Für Steiner, der mit Entsetzen die ungünstige Entwicklung mitverfolgt hatte, war klar, daß es nun an ihm war, das Steuer herumzureißen. Wenn er jetzt nicht handelte und seine Aufgabe erfüllte, würde alles beim alten bleiben, und die Barbaren marschierten schnurstracks in den Untergang. Das durfte nicht sein. Dafür hatte er nicht soviel gelitten. Jetzt aber mit voller Kraft voraus.

Er ruhte sich, während rund um ihn die Verwundeten brüllten, etwas aus und machte sich im Morgengrauen auf den Weg zu Caesars Kommandozelt, wo er den ganzen Tag blieb, indem er sich auf den nahen Befestigungsanlagen nützlich machte. Jetzt war es wieder ruhig und friedlich. Die Kelten waren anscheinend damit beschäftigt, neues Sturmmaterial und Mauersicheln herzustellen. Caesar ging eisern seinen Pflichten nach. Er inspizierte Stellungen, traf sich mit seinen Feldherren und Landvermessern zu Lagebesprechungen, entwickelte Szenarien, schrieb Berichte und ermunterte seine Soldaten. Doch irgendwann mußte auch diese Energiebestie ein paar Stunden schlafen, und dann... Steiners Hand umschloß wie ein Schraubstock den Griff seines kurzen spanischen Nahkampfschwerts. Keine Gnade, keine Schonung! Damit endlich mal Schluß war mit dem römischen Weltreich. Schade nur, daß er den weiteren Fortgang nicht mehr mit ansehen würde können, weil er mit Ostwald in ihre eigene Welt zurückkehrte. Der Rest war dann Aufgabe des Schriftstellers.

Kurz vor Mitternacht, als nur noch vereinzelt brennende Kiefernäste etwas Licht spendeten, sah er den großen Augenblick gekommen. Caesar hatte sich vor geraumer Zeit, offensichtlich allein, in sein Zelt verfügt und schien zu ruhen. Vor dem Eingang lungerten ein paar Wachtposten herum, aber er konnte sich ja auch von der dunklen Rückseite anpirschen, sich unter der Zeltplane durchzwängen und die Waffe erheben. Das Gras raschelte unter seinen Füßen laut wie Cellophanfolie, die zerknüllt wird; mit klopfendem Puls hielt er den Atem an. Er hatte das Zelt beinahe erreicht, als plötzlich rundherum gellendes Kampfgeschrei erscholl. Das reinste Höllenspektakel. Überall sprangen Legionäre auf und stürzten zu den Befestigungen. Steiner wurde in dem Sog mitgerissen und fand sich bald auf dem Verteidigungswall wieder. Verdammt, jetzt waren ihm doch tatsächlich die eigenen Leute in die Parade gefahren! Jetzt mußte er, wollte er seine Tarnung nicht verlieren, gegen die Freunde kämpfen. Verflucht schlechtes Timing, keine Organisation!

Das keltische Entsatzheer hatte sich im Schutz der Nacht an die Verschanzungen herangearbeitet und dann das Kriegsgeschrei erhoben, um Vercingetorix anzuzeigen, daß es stürmte. Die Krieger warfen in fiebriger Eile Reisig auf die äußeren Gräben und versuchten durch den massierten Einsatz von Schleudern, Pfeilen und Steinen die Römer vom Wall zu vertreiben. Unter einem Schilderdach, dem Testudo, wollten sie vorrücken, mit den Mauersicheln die Brüstung einreißen und mit Hilfe von Leitern das Hindernis überwinden. Inzwischen hatte auch Vercingetorix mit der Tuba das Angriffssignal gegeben und führte einmal mehr seine angeschlagenen Truppen aus dem Oppidum heraus. Eine weitere Variante des Zweifrontenkriegs war eröffnet.

Inzwischen hatten sich die Römer zum Gegenangriff formiert und setzten ein, was sie hatten. Unter dem Befehl der Legaten M. Antonius und C. Trebonius schlugen sie mit Katapulten und Pfeilgeschützen, mit pfundschweren Steinen, genormten Bleigeschossen und angekohlten Spitzpfählen zurück. Gleichzeitig rückte aus den anderen Lagern Verstärkung an. Da es stockfinster war, gab es auf beiden Seiten zahlreiche Tote und Verwundete.

Robert Steiner stand in dem allgemeinen Durcheinander völlig teilnahmslos und wie gelähmt. Obwohl um seine Ohren Brandpfeile und Geschosse schwirrten, rührte er sich nicht. Er war nämlich fest davon überzeugt, daß er in diesem Inferno nur überleben konnte, wenn er sich in einen Fels verwandelte. Als dem Mann neben ihm von einem Bleiprojektil der halbe Kopf weggerissen wurde, schrie er gellend auf. Jetzt erfaßte ihn doch noch wilde Panik, aber gleich darauf fiel etwas Schweres auf ihn drauf und begrub ihn unter sich. Er sah schon wie einen Film sein bisheriges Leben vor sich ablaufen, doch es war ein anderer Mensch, der da auf ihm seine letzten Todeszuckungen ausführte und ihn mit seinem Blut beschmierte. Es war, als würde er vom Tod selbst begattet. Die Nähe von Lust und Leid, von Leben und Tod. Als er sich endlich von dem schweren Leichnam befreit hatte, war er einer Ohnmacht nahe. Das war nun also die Realität des Krieges. Es war schlimmer als die Hölle. Es war zum Kotzen.

Trotz der römischen Feuerüberlegenheit kamen die Kelten immer näher heran, und das war ihr Verhängnis. Sie spießten sich nichtsahnend an den Eisenstacheln auf, stürzten in die Gruben und wurden durchbohrt, ertranken im Wasser des Oserain. Da sie zudem unter Dauerbeschuß von den Wällen standen und die Verteidigungslinie noch an keiner Stelle durchbrochen hatten, zogen sie sich im Morgengrauen zurück. Was den Römern zuvor an Schweiß abverlangt worden war, hatten sie nun also an Blut eingespart. Vercingetorix, der sich mit seinen Männern zu lange mit dem Auffüllen der Gräben aufgehalten hatte, mußte, ohne überhaupt den Kampfplatz erreicht zu haben, wieder nach Alesia zurückkehren. Steiner torkelte, zerschunden und halb wahnsinnig vor Grauen und Angst, vom Schlachtfeld und versteckte sich in einem Gebüsch am Oserain. Vom Krieg hatte er genug.

Die Kelten jedoch nicht. Nach dieser zweiten verlustreichen Niederlage war ihnen klar, daß sie verloren waren, wenn sie jetzt nicht endgültig die römischen Belagerungswälle durchbrachen. Endlich zogen sie zu ihren Beratungen Ortskundige hinzu und erfuhren, daß sich im Norden eine Anhöhe befand, die wegen ihres Umfangs nicht ganz in die Verteidigungslinie eingeschlossen hatte werden können und von den Legaten C. Antistius Reginus und C. Caninius Rebilus mit nur zwei Legionen besetzt war. Dorthin wollten sie ihren nächsten Angriff konzentrieren. Es wurden unter dem Oberbefehl von Vercassivellaunus 60 000 Angehörige der tapfersten Stämme ausgewählt und in Marsch gesetzt. Als Zeitpunkt für die Entscheidungsschlacht wurde die Mittagszeit des folgenden Tages festgelegt.

Kurz vor Sonnenuntergang kroch Robert Steiner aus seinem Gebüsch heraus, richtete seinen Lederpanzer und setzte den Helm auf. Nach einem alptraumreichen Erschöpfungsschlaf und verheerenden inneren Kämpfen beschloß er nun, einen letzten Versuch zu starten. Sollte er seine Mission wieder nicht erfüllen können, wünschte er sich nur noch einen ruhmreichen Heldentod. Schließlich und endlich war er ja auch nur ein Mensch, noch dazu einer des zwanzigsten Jahrhunderts, der nie zu kämpfen gelernt hatte. Was wollte man also von ihm? Er machte sich zutiefst verzweifelt auf den Weg.

Als er die Anhöhe erklommen hatte, war es bereits finstere Nacht. Beim Anblick von Caesars Rundzelt, das im flackernden Feuerschein wie ein unförmiges Raumschiff aussah, kam er sich vor wie in einem Traum. Er hatte nicht mehr den Eindruck, er selbst zu sein, sondern einer der zahlreichen Helden, die das kollektive Unterbewußtsein bevölkern. Herakles oder Batman? Siegfried oder Rambo? Egal. Er sollte jemanden töten? Warum nicht. Er konnte dabei selbst draufgehen? Auch gut. Ohne irgendwelche Gefühlsregungen umging er das Zelt in weitem Bogen, kroch unter dem edlen Damaststoff durch und hielt für Sekunden den Atem an, während er sich orientierte.

Da: Nur wenige Meter vor ihm kniete, über eine Papyrusrolle gebeugt, sein Opfer! Einfach so. So einfach war das. Er zog mit beiden Händen das Schwert über den Kopf, machte drei schnelle Schritte und stieß das Eisen mit Schwung in den glänzenden Nacken. Ein kurzes Gurgeln, Caesar bäumte sich wie unter einem elektrischen Schlag auf, sank vornüber auf den gestampften Boden, röchelte noch ein wenig, während in Eruptionen sein Blut austrat, dann war er tot. Steiner rief leise aus: Es ist vollbracht. Er hatte es tatsächlich geschafft. Er hatte den Prokonsul, acht Jahre vor seiner Zeit, wirklich gemeuchelt. Er hatte Geschichte gemacht. Nun mußte er nur noch mit Grandezza den zweiten Teil seiner Mission ausführen, und sein Ruhm würde unsterblich sein. Das war, schlicht ausgedrückt, einfach wunderbar.

Als er zur Sicherheit den Leichnam mit den Füßen

auf den Rücken drehen wollte, hörte er plötzlich Stimmen, die sich draußen näherten. Verdammt, wer konnte das sein? Er erwachte schlagartig aus seinem tranceähnlichen Zustand und geriet in Panik. Mit zitternder Hand zog er das Schwert aus dem zerfetzten Hals, durchtrennte mit der blutverschmierten Klinge die rückwärtige Zeltwand und schlüpfte durch das Loch ins Freie. Im Wegrennen sah er, daß mit großen Schritten, umgeben von seiner Leibstandarte, Gaius Julius Caesar herbeieilte. Himmel, Herrgott, er hatte den Falschen erwischt! Jetzt war alles aus. Er warf sein Schwert weg und rannte wie noch nie zuvor in seinem Leben.

Die Schlacht war geschlagen, die Niederlage der Kelten endgültig besiegelt. Auf dem Feld der Ehre türmten sich die Leichenberge. Nur wenige Krieger des Entsatzheeres hatten fliehen und sich zu ihren Stämmen absetzen können. Vercingetorix und seine Männer waren nach wie vor in Alesia eingeschlossen. Der Maquisardenführer hielt vor der verbliebenen Mannschaft seine allerletzte Rede.

Er habe diesen Krieg nicht um der eigenen Interessen willen geführt, sagte er, sondern für die gemeinsame Freiheit. Da man sich nun dem Schicksal beugen müsse, stelle er zwei Möglichkeiten zur Auswahl: Entweder leiste man den Römern Genugtuung, indem man ihn, Vercingetorix, töte, oder man liefere ihn lebend aus. Zu Verhandlungen über diese Frage wurden Gesandte an Caesar ausgeschickt. Es war das Ende eines Trauerspiels.

Und dabei hatte es für die Freiheitskämpfer schon so gut ausgesehen. Nachdem Vercassivellaunus mit seinen 60000 Mann am ausgewählten Schwachpunkt durchgebrochen war, füllten sie alle anderen Gräben auf und konnten so die Befestigungen stürmen. Im Feuerschutz von unzähligen Wurfgeschossen rissen sie mit den Mauersicheln die Wälle und Brustwehre ein. Nun steckten die Römer tatsächlich in der Zange und mußten an allen Stellen gleichzeitig kämpfen, während die zahlenmäßig überlegenen Kelten wie beim Eishockey erschöpfte Krieger gegen frische austauschen konnten. Dazu kam das infernalische Kampfgeschrei, das die Römer zermürbte, und das Gefühl, daß sie in die Falle gegangen waren. Der keltische Sieg schien also zum Greifen nah, als Caesar persönlich in den Kampf eingriff und ihn für sich entschied, indem er eine bis dahin unbekannte Strategie anwandte: die bewegliche Reserve. Während Labienus einen Frontalangriff gegen das Entsatzheer unternahm, umging er mit seiner Reiterei den Kampfherd und trieb sie dem Feind in den Rücken, was verheerende Folgen hatte. Zuerst wurden in einem gigantischen Gemetzel die Entsatztruppen vernichtet und dann auch noch Vercingetorix zurückgeworfen. Insgesamt wurden Caesar vierundsiebzig erbeutete Feldzeichen gebracht. Sein Sieg war also ein totaler, Gallien befriedet.

In den Verhandlungen befahl der stolze Feldherr, ihm alle Waffen des Feindes auszuliefern und ihm die führenden Männer vorzuführen. Auch die Kelten waren zu einem Ergebnis gekommen. Vercingetorix legte seine prächtigste Rüstung an, ritt in das römische Lager, umrundete mit stolzgeschwellter Brust seinen Widersacher Caesar, warf ihm sein Schwert vor die Füße und schließlich sich selbst auf die Knie. Eindrucksvoller hätte er seine Kapitulation nicht inszenieren können. Sieben Jahre später sollte er in

Rom hingerichtet werden. Sein Volk schied aus der Geschichte aus.

Nur wenige Kilometer vom Schauplatz dieser dramatischen Vorgänge entfernt saß unter einer Eiche ein zitterndes Bündel Mensch. Robert Steiner wollte zur Sühne für sein Versagen in seinem Leben keinen einzigen Schritt mehr machen, egal was auch geschah. Als er Hufgetrappel hörte, sprang er jedoch sofort auf. Aus dem Wald heraus ritt, begleitet von zwei Kriegern, Viviane und hob zur Begrüßung eine Hand.

Steiner wischte sich seine dreckverkrusteten Hände an den Schenkeln ab und begann in weinerlichem Tonfall zu jammern: Ich weiß, ich habe versagt. Ich bin der größte Versager der Geschichte. Aber was hätte ich denn tun sollen? Ich bin doch… Ich habe von vornherein gesagt, daß ich nicht…

Viviane bedeutete ihm mit einer heftigen Bewegung, zu schweigen, und warf ihm ein kleines, ringgebundenes Notizbuch hin.

Steiner hob es erschrocken auf und schrie: Ostwald! Claus! Was ist mit Claus Ostwald geschehen?

Viviane sagte völlig ruhig: In dieser Zeit müssen wir alle große Trauer tragen. Er ist mit allen Ehren bestattet worden. Er befindet sich nun in der Anderen Welt. Er hat seinen Frieden.

Nun stürzte Steiners Welt endgültig ein. Er warf sich zu Boden und schluchzte hemmungslos. Viviane musterte ihn kalt und machte keine Anstalten, sich ihm zu nähern. Nach einer Weile sagte sie: Nun steht schon auf. Wenigstens Ihr sollt errettet werden. Es ist alles vorbereitet. Wir reiten Richtung Norden. Ihr sollt nach Britannien entkommen.

V
STONEHENGE

Im Juni 1990 fuhr ich nach Stonehenge, um für eine Wiener Zeitung eine Reportage über die zur Sommersonnenwende zu erwartenden gewalttätigen Auseinandersetzungen zwischen der englischen Polizei und den modernen Nomaden der Traveller-Bewegung zu schreiben. Die blutigen Kämpfe hatten erstmals 1985 stattgefunden, als die Thatcher-Regierung das legendäre Stonehenge-Festival verbot und die Bullen gegen Tausende Demonstranten hetzte. Bei der berühmten »Battle in the Beanfield« hatte es sechshundert Verletzte und Verhaftete gegeben. Seither hatten sich Jahr für Jahr am 21. Juni die Schreckensszenen wiederholt. Die Einheitsfront für Stonehenge setzte sich aus den verschiedensten Lagern zusammen: Hippies und Punks, Grüne und Neuheiden, Linke und andere Gegner der Thatcher-Regierung. Sie wollten das prähistorische Heiligtum erobern und ihr Festival zurückhaben, das wichtige Impulse für ganz Europa hätte geben können. Nicht wenigen wird es wohl lediglich um die Randale gegangen sein. Jedenfalls handelte es sich um eine starke Bewegung, die die volle Aufmerksamkeit der Medien genoß. Und nun war also auch ich da, um mein Schärflein im Kampf für eine andere Politik, die alte Religion, ein neues Naturbewußtsein und eine befriedigendere Lebenspraxis beizutragen. Doch es sollte anders kommen.

Nach drei feuchtfröhlichen Tagen in London war ich mit dem Zug nach Salisbury und dann mit dem Bus weiter nach Amesbury gefahren. In dieser 6000-Seelen-Gemeinde empfing mich ein Regenguß, der mich bis auf die Haut durchnäßte. Ein wirklich netter Empfang. Fluchend mietete ich mir ein Zimmer in einem schicken Landhaus, wechselte den klatschnassen Leinenanzug gegen einen Overall, warf drei Koffeintabletten ein, schob eine Kassette in den Walkman und machte mich gleich auf den zwei Meilen langen Weg zu der weltberühmten Kultstätte.

Unterwegs gab mein Zippo-Feuerzeug den Geist auf, so daß ich ohne Nikotin auskommen mußte. Weiters stellte sich heraus, daß die Batterien leer waren und ich mir meinen Richard Wagner, der mir den ersten Anblick von Stonehenge untermalen sollte, in die Haare schmieren konnte. Als ich schließlich auf der Ebene von Salisbury vor den beeindruckenden Hinkelsteinen stand, war ich also naturgemäß eher zum Nörgeln aufgelegt. Über die Steinkreise und Trilithen der Ruine knatterten Helikopter hinweg. Wegen der Absperrungen kam man nicht näher als fünfzig Meter an das imposante Bauwerk heran. Keine Sitzbänke zum Verschnaufen. Touristen, die nicht davor zurückschreckten, an diesem heiligen Ort in Schweizerdeutsch herumzuschreien. Über die endlosen Weiden von Wiltshire, die mit Schafen und gefleckten Kühen vollgestopft waren, wehte ein grauenhafter Wind, den niemand abstellte. Jeden Moment konnte es wieder zu schütten beginnen. Vom Motorway M3 drang das Brausen des Verkehrs herauf. Jagdflieger im Tiefflug brachten regelmäßig das Trommelfell zum Vibrieren.

Klar, sagte ich mir, daß Stonehenge nicht mehr so einsam auf der Ebene wie in der Geschichte steht, wie das Henry James behauptet hat. So schäbig präsentiert hatte ich mir aber das bedeutendste neolithische Monument Europas trotzdem nicht vorgestellt. Wie sollte man denn unter diesen Umständen in eine vor 176 Generationen untergegangene Epoche blicken? Wie die besondere Aura und die besondere Konzentration der Erdenergien spüren? Wie einem wohligen Schauer verfallen?

Trotz meiner Verstimmung sprach ich einen Aufseher von »British Heritage«, dem englischen Denkmalamt, an und ließ mir die verschiedenen Steine, den Wall, die Aubrey-Löcher, die Hünengräber und die Avenue zeigen, die zum River Avon führte, von dem vor viertausend Jahren die bis zu dreißig Tonnen schweren Steine heraufgeschleppt wurden. Zuletzt stellte ich die Frage, die mich am meisten interessierte. Ich sagte zu dem guten Mann: Rechnen Sie damit, daß es heuer wie in den vergangenen Jahren wieder zur Schlacht um Stonehenge kommen wird?

Er schüttelte energisch den Kopf und bellte: *No! No! No!* Früher habe es Troubles mit den Hippies gegeben, aber dieses Jahr sicher nicht. Es seien alle Vorkehrungen getroffen. Vom 10. bis 24. Juni sei in ganz Wiltshire der Ausnahmezustand verhängt. Am 21. und 22. Juni sei Stonehenge im Umkreis von vier Meilen abgeriegelt. Keine Möglichkeit, da durchzukommen. Nicht mal die Druiden dürften ihr Spektakel aufführen. Es werde also keine Schlacht geben.

Bumm, nun auch das noch! Wegen dieser Schlacht war ich eigens aus Wien angereist, und nun sollte sie gar nicht stattfinden? Das war eindeutig zuviel. Das konnte man mir nicht antun. Das werden wir ja noch sehen, zischte ich den Aufseher an und verließ das eingezäunte Areal.

Auf dem Weg zurück nach Amesbury traf ich einen unter der Last seines Rucksacks niedergedrückten Hippie und fragte ihn, ob er wisse, was zu Solstice, also zur Sommersonnenwende, los sein werde. Ob er mir sagen könne, wo sich die Traveller aufhielten.

Er schüttelte müde den Kopf und erwiderte, in Glastonbury sei ein großes, viertägiges Festival, bei dem unter anderem Sinead O'Connor und amerikanische Rapper auftreten würden.

Ich wollte wissen, wie weit es denn bis Glastonbury sei.

Er stieg müde von einem Fuß auf den anderen und sagte, wenn ich zu Fuß ginge, sei ich in zwei Tagen dort.

Da beschloß ich, doch lieber hier zu bleiben und den Lauf der Dinge abzuwarten. Das ist natürlich sehr klug, sagte ich mir, die Kombattanten durch ein prominent besetztes Spektakel vom Kampfplatz fernzuhalten. Eine wirklich gute Taktik. In Amesbury sah ich weitere abgerissene Gestalten mit Rucksäcken, Schlafsäcken und Zelten. An den Hotels hingen Tafeln mit der Aufschrift: NO TRAVELLERS AND FESTIVAL FOLKS! Das gab mir neue Hoffnung. Vielleicht fanden die Kämpfe ja doch statt.

Ich schlug in der Greyhound-Tavern mein Hauptquartier auf und packte meine Schreibsachen, Bücher, Broschüren, Notizen, Fotos und Tabellen aus, um etwas über das prähistorische Heiligtum aufzusetzen, das bis vor kurzem noch die Kraft besessen hatte, blutige Kriege zu inszenieren und als Symbol für ein Goldenes Zeitalter zu dienen. Wenn man mir schon keinen Kriegsbericht vergönnte, so wollte ich doch wenigstens einen Kulturschmus abliefern.

»Seit dem 17. Jahrhundert wurde viel über die Erbauer und die Entstehungszeit von Stonehenge gerätselt. Als mögliche Bauherren galten unter anderem die Kelten, die Römer, die Phönizier, die Belgier, die Dänen, die Sachsen, die Briten, die legendären Bewohner von Atlantis, und sogar Buddhisten aus dem fernen Orient wurden berücksichtigt. Als hartnäckiger Mythos erwies sich, Merlin persönlich habe die Steine mittels Zauberkraft von Irland auf die Ebene von Salisbury transferiert. Nicht auszurotten war auch lange Zeit der Glaube, der Tempel stehe in Zusammenhang mit blutigen Riten keltischer Druiden, obwohl die nachweislich erst tausend Jahre nach Fertigstellung von Stonehenge auf den Britischen Inseln gelandet waren. Alles unsinnige Spekulationen also, doch wer war es dann wirklich? Fragen wir doch mal die moderne Wissenschaft.

Neueren Erkenntnissen zufolge wurde Stonehenge von den sogenannten Wessex-Leuten erbaut, einem neolithischen Stamm, der der Glockenbecherkultur zuzurechnen ist und laut Ranke Graves aus Spanien, dem Ostseeraum und Südeuropa eingewandert ist. Mit Hilfe von archäologischen Befunden und der Radiokarbonmethode wurde ein Errichtungszeitraum von zirka 1900 bis 1500 BC ermittelt. Wie Rom wurde nämlich auch Stonehenge nicht an einem Tag erbaut, und so unterscheiden die Archäologen fünf Bauphasen: Stonehenge I bis Stonehenge III c. Die Bauzeit von vierhundert Jahren entspricht in etwa der einer gotischen Kathedrale.

Hatte es ursprünglich noch recht einfach begonnen, so steigerten sich diese Steinzeitmenschen bald in einen gigantomanischen Bauwahn hinein. Stonehenge I bestand lediglich aus einem Graben mit zwei Wällen, den vier Station-Stones, vier Holzpfosten und dem Ring der 56 Aubrey-Löcher, die mit Leichenasche wieder aufgefüllt wurden. Heute bestehen aber Zweifel, ob es sich tatsächlich um prähistorische Grabinhalte handelt. Möglicherweise ist es die Asche Angehöriger des heutigen Druidenordens, dessen Mitglieder bis 1965 im inneren Kreis begraben werden durften.

Stonehenge II, das um 1700 BC in Angriff genommen wurde, war schon weitaus aufwendiger gestaltet. Nun wurden 82 Bluestones in konzentrischen Kreisen aufgestellt und die breite Avenue zum River Avon gebaut. Das ist eine erstaunliche Leistung, zumal die bis zu fünf Tonnen schweren Steine aus den Prescelly Mountains in Südwales herbeigeschafft wurden, und das liegt immerhin 360 Kilometer entfernt. 320 Kilometer mußten auf dem Wasserweg und die restlichen 40 über Land bewältigt werden.

Zu Beginn von Stonehenge IIIa wurde der Bluestone-Kreis wieder abgerissen und durch den Sarsen-Kreis ersetzt. Zusätzlich wurden im Inneren in Hufeisenform fünf Trilithen aufgestellt. Die Sarsen-Steine wogen an die dreißig Tonnen und wurden aus den Marlborough Downs geholt, was einen Transportweg von 45 Kilometer bedeutete.

Während Stonehenge IIIb begnügte man sich damit, die Bluestones wieder aufzustellen und die Y- und Z-Löcher zu graben. Am Ende der jahrhundertelangen Anstrengungen hatte man dann mit Stonehenge IIIc eine aufwendige Anlage, die aus der Avenue, dem darin postierten Heel Stone, den umschließenden Ringen mit dem Graben und den beiden Wällen, den vier Station-Stones, den Kreisen von Aubrey-, Y- und Z-Löchern, dem Sarsen-Kreis, dem Bluestone-Kreis, dem Sarsen-Hufeisen und dem Bluestone-Hufeisen bestand. Die Überreste sind heute noch zu sehen.

Inzwischen wird die Frage aufgetaucht sein, wie dieses Steinzeitvolk, das nur über einfachste Werkzeuge wie Hacken aus den Geweihen von Rotwild, Schaufeln aus den Schulterknochen von Ochsen und lederne Körbe verfügte, diese gewaltigen Brokken transportieren, aufstellen und bearbeiten konnte. Unbestritten ist, daß es sich um eine gewaltige Leistung handelt, die nur noch mit dem Pyramidenbau in Ägypten vergleichbar ist, der ungefähr zur gleichen Zeit stattfand. Gerald S. Hawkins, der Autor des Kultbuches *Stonehenge decoded*, hat errechnet, daß für Stonehenge IIIc ein Arbeitsaufwand von 1496680 Manntagen nötig war. Dazu kamen die enormen logistischen Anforderungen. Es mußte ja alles bis ins Detail geplant und das riesige Arbeiterheer versorgt werden.

Über Land wurden die Steine auf Schlitten gezogen, die über endlose Bandlaufflächen aus Baumstämmen rollten. In einem Experiment, das die BBC 1954 durchgeführt hat, wurde ermittelt, daß pro Tonne sechzehn Männer benötigt wurden und die Tagesleistung eine Meile betrug. Auf dem Wasser benutzten sie zusammengebundene Kanus und Pontonflöße. Hatten sie die Blöcke dann erst mal an Ort und Stelle, begann die eigentliche Arbeit. Der sehr harte Sandstein oder Dolerit mußte mit Keilen oder durch die sogenannte Heiß-Kalt-Zertrümmerungsmethode gespalten, mit Schlegeln aus Felsbrocken nachbearbeitet und dann mit Feuersteinen und Wasser geschliffen werden. Allein für den Sarsen-Kreis waren dazu eine Million Arbeitsstunden nötig. Schließlich mußten die Megalithen noch präzis angeordnet und aufgerichtet werden. Es wurde ein Loch gegraben, der Stein auf Holzpfählen hineinbefördert, mit Flaschenzügen aus Fellen oder Pflanzenfasern aufrecht gehievt und das Loch rasch aufgefüllt. Die Oberschwellen der Trilithen wurden entweder auf Gittertürmen aus Holzstämmen hinaufgeschaukelt oder wie beim Pyramidenbau eine Erdrampe hinaufgeschleppt.

So etwa hat die Wissenschaft bisher die Transport- und Arbeitsmethoden dargestellt, doch nun stellt sich heraus, daß das nur zum Teil der Wahrheit entspricht. In der Ausgabe vom 22. April 1990 meldete die englische Tageszeitung *The Independent*, ein Forscherteam von Geologen habe herausgefunden, daß die Bluestones nicht vor viertausend Jahren durch Menschenhand von Südwales nach Stonehenge gebracht wurden, sondern vor vierhunderttausend Jahren von den Gletschern der Eiszeit. Diese Erkenntnis wird Folgen haben. *The Independent* meint: ›*The history of Stonehenge will have to be rewritten.*‹

Wie auch immer, es bleibt auf jeden Fall die Frage, warum ein Steinzeitvolk dieses gigantische Bauprogramm, das mit dem Raumfahrtprogramm der USA zu vergleichen ist und einen nicht unerheblichen Teil der Bevölkerung eingebunden haben muß, überhaupt ausgeführt hat.«

Das war in der Tat eine interessante Frage, aber inzwischen hatte die Greyhound-Tavern Sperrstunde, und so packte ich zusammen und kehrte in das Schmuckkästchen von einem Fremdenzimmer zurück.

Am nächsten Tag war das Wetter keineswegs besser. Obwohl wir den 20. Juni schrieben, war es wie im April. Es wechselten in rascher Folge strahlender Sonnenschein und starke Regenfälle. Zu allem Überdruß hatte ich nun auch noch eine Erkältung, so daß ich glaubte, mein Kopf stehe in Flammen.

Vollgepumpt mit Tabletten, fuhr ich mit einem der schäbigen Busse von Wilts & Dorset in das dreißig Meilen entfernte Avebury, wo die Überreste eines größeren und älteren Steinkreises als in Stonehenge zu besichtigen waren. Hier hatte man laut Ranke Graves einen Brankult betrieben, während in Stonehenge der Sonnengott Beli verehrt wurde. Der Cromlech bestand aus drei Ringen mit einem Gesamtdurchmesser von 110 Metern, einem Graben und einer Avenue, die zum Sanktorium, einem Kreis aus Holzpfosten, führte. Die Steine stehen heute noch zum Teil auf der Dorfwiese oder sind Bestandteil der Wände der vereinzelt noch mit Stroh gedeckten Häuser.

Die Ebene von Salisbury war in der Prähistorie eine bedeutende Gegend, ein Zentrum für weitgereiste Krieger, Händler und Pilger. Rund um Stonehenge gibt es 350 Hügelgräber und zahlreiche Kultstätten; etwa den Cursus, einen zeremoniellen Pfad und Paradeplatz, die Durrington-Wälle, Woodhenge, ein Stonehenge aus Holz, oder den Silbury Hill, den größten künstlichen Hügel Europas, der sich wie eine Gugelhupfform aus den Feldern erhebt.

Inzwischen hatte ich neue Batterien, und während es in meinen Kopfhörern zum Einzug der Götter in Walhall brauste, beschlich mich das Gefühl, ich sei bereits vor langer, langer Zeit, ein Steinzeitmensch im neckischen Fellkleid, einmal hier gewesen. Auf dem Rückweg stieg ich in dem schmucken Städtchen Marlborough um, das den guten, starken Zigaretten den Namen gegeben hat, und kehrte in Amesbury wieder in der Greyhound-Tavern ein. Inzwischen waren noch mehr Travellers eingetroffen, aber es sah nicht danach aus, als würden es Tausende werden. Im Pub wußte man schon, daß ich am liebsten Carlsberg-Bier trank. Ich packte wieder meine Unterlagen aus.

»Wie über die Erbauer und die Entstehungszeit von Stonehenge wurde auch über dessen Funktion viel gerätselt. War es eine Totenstadt? Ein Sonnentempel? Eine Richtstätte? Ein Markt? Eine heidnische Kathedrale? Eine Fluchtburg auf gesegnetem Boden? Eine Sternwarte? Da es keinerlei schriftliche Aufzeichnungen gibt, werden wir es mit hundertprozentiger Sicherheit wohl nie erfahren, aber in der letzten Zeit haben sich vor allem zwei Disziplinen mit Interpretationen hervorgetan: die Geomanten und die Astronomen. Olympische Götter versus die älteren Titanen, die in der Erde festgekettet sind.

Die Geomanten, die sich mit Erdenergieströmen und heiligen Orten beschäftigen, berufen sich vor allem auf Alfred Watkins, den englischen Altertumsforscher des 19. Jahrhunderts, der in einer Vision sämtliche Grabhügel, Steinkreise und Megalithen

Großbritanniens durch leuchtende Energiepfade verbunden sah. Seine Nachfahren gehen noch weiter: Sie meinen, daß es Energiepfade zwischen so entfernten Orten wie Irland, Amerika und Australien gebe. Die prähistorischen Monumente seien nun Kennzeichnungen von Plätzen mit besonders hoher Konzentration, und durch Aufstellen von Steinen könne man die Erdenergien ausrichten, verstärken und anzapfen. Darüber schwebe der Genius loci, aus dem die Götter hervorgegangen sind. Außerdem könne man sie als Eingänge in die Andere Welt benutzen und in analeptischer Erinnerung in längst versunkene Zeitalter reisen. Wie auch immer man zu derartiger Mystik stehen mag, die Messingruten, die eine Gruppe in Stonehenge benutzt, schlagen jedenfalls ganz wild aus.

Die Zunft der Astronomen ist hingegen rein wissenschaftlich orientiert. Ihr hervorragendster Vertreter ist der bereits erwähnte Gerald S. Hawkins, der meint, das Rätsel Stonehenge gelöst zu haben. Mit Hilfe eines Computers errechnete er in den sechziger Jahren, daß es zwischen den 165 Positionen von Stonehenge III c 27060 Linien gab, wobei 240 mit Himmelsdeklinationen zusammentrafen, zwölf allein mit Extremstellungen von Sonne und Mond. Die Möglichkeit, daß die Ausrichtungen durch Zufall entstanden waren, beträgt 10 Millionen zu eins. Warum aber dann der riesige Aufwand? Um eine Himmelsposition zu markieren, hätten zwei Steine genügt.

Hawkins nennt drei Möglichkeiten: 1. Um einen Kalender für die Pflanzzeiten zu erhalten. 2. Um den Priestern Macht zu verschaffen. 3. Als intellektuelle Herausforderung.

Mit diesen kompliziert angeordneten astronomischen Beobachtungsinstrumenten konnte man die Sonnenwenden und die Tagundnachtgleichen bestimmen und vor- und zurückgehend wichtige Daten errechnen, was in bezug auf Aussaat und Ernte lebenswichtig sein konnte. Die 56 Aubrey-Löcher funktionierten wie ein Computer, mit dem, indem man jedes Jahr drei weiße und drei schwarze Steine versetzte, jedes wichtige Mondereignis auf Hunderte von Jahren vorausgesagt werden konnte. Das war besonders bedeutsam im Hinblick auf die Mondfinsternisse, die sehr gefürchtet waren: Da die Himmelskörper als Götter angesehen wurden, mußte ihr plötzliches Verschwinden fatale Folgen haben. Wenn der Priester das Verhalten der Götter im voraus festlegen konnte, wurde er selbst gottähnlich. Als Draufgabe können noch die 29 Z- und 30 Y-Löcher sowie die 59 Steine des zweiten Bluestone-Kreises angesehen werden, die die einzelnen Tage markierten. Die Zahl 59 ist insofern bedeutsam, als sie bei einem Mondmonat von 29,53 Tagen die größtmögliche Genauigkeit erzielt. Der Computer mußte nur alle dreihundert Jahre nachgestellt werden.

Die steinzeitlichen Konstrukteure müssen also über ein enormes arithmetisches, astronomisches und geographisches Wissen verfügt haben. Hawkins meint sogar, daß es das der meisten heutigen Menschen bei weitem übersteigt. Erich von Däniken würde wohl behaupten, daß sie ihre überragenden Kenntnisse von Außerirdischen erhalten haben, die vor Urzeiten unseren Planeten besucht hatten. Wie auch immer, der Höhepunkt des Jahres dürfte jedenfalls gewesen sein, wenn zur Sommersonnenwende die Sonne genau über dem Heel Stone aufging und ihre Strahlen durch den Sonnenaufgangsstrilithen fielen.«

Genau diesen Anblick wollte uns Nachgeborenen nun Margaret Thatcher vorenthalten. Vor lauter Zorn konnte ich die ganze Nacht kaum ein Auge zumachen. So studierte ich Clausewitz.

Der große Tag begann mit schweren Regenfällen. Mein Husten und Schnupfen hatten sich noch verschlimmert, und so beschloß ich, die einzig erfolgversprechende Medizin einzusetzen, und das ist in meinem Fall immer noch das Bier. In der Greyhound-Tavern traf ich zwei Schotten, die gerade per Autostopp aus Glenrothes eingetroffen waren. Sie wußten auch nicht, was für Solstice geplant war, hofften aber wie ich auf Action. Nach einigen Runden Bier und Billard gingen wir in einen kleinen Park, wo sich an die vierzig Punks versammelt hatten, die sich hervorragend zu amüsieren schienen. Sie schütteten billigen Cider aus Zwei-Liter-Plastikflaschen in sich hinein und ließen unentwegt die Joints kreisen. Schließlich ist das Leben ein Fest, und zu Solstice, dem größten Festtag der Neuheiden, ganz besonders. Ich blieb bei Carlsberg-Bier und lernte einen Schauspieler aus Düsseldorf kennen, der nach einem Ritter der Tafelrunde benannt war.

Kai war ein Stonehenge-Veteran, er hatte bereits 1988 hier gekämpft. Endlich einer, der sich auskannte, aber er war unzufrieden. Die englischen Hippies, sagte er, seien viel zu blöd, um diesen Krieg zu gewinnen. Die wollten sich bloß zukiffen. Um wirklich Erfolg zu haben und Stonehenge zu erobern, müßte man sie erst mal zwei Monate in ein

Guerillaausbildungslager stecken. Die sollten erst mal ihren Clausewitz studieren. Der Mann gefiel mir immer besser.

Am Abend gingen wir in die Bar des George Hotel, die als Stützpunkt der Travellers galt, weil sie nur hier geduldet wurden. Der Anblick war enttäuschend. Etwa hundert Punks und Hippies, die schwer am Zechen und Haschischrauchen waren. Um elf setzte man uns auf die Straße, wo es von Polizeifahrzeugen wimmelte. Eine Kulisse wie in einem Kriegsgebiet. Da sich noch immer keine Front formierte, beschlossen Kai, der bereits am Vormittag das Gelände erkundet hatte, drei Einheimische und ich, auf eigene Faust nach Stonehenge vorzustoßen.

Die nächsten vier Stunden marschierten wir, mit Landkarte und Taschenlampe ausgerüstet, durch die stockdunklen Wälder, überquerten zweimal den River Avon, umgingen Polizeisperren, stiegen über Stacheldrahtzäune, kämpften uns kilometerweit durch hüfthohe Getreidefelder, schmissen uns ins Unterholz, um den schneeweißen Lichtkegeln der Hubschrauber zu entgehen, die das gesamte Gebiet absuchten, wurden mehrmals beinahe geschnappt, türmten vor den Motorradpatrouillen, die knatternd über die Waldwege holperten. Vögel und Rebhühner flogen auf, Hasen und Rehe stoben in alle Richtungen auseinander, der Forst war von tausenderlei Geräuschen erfüllt, aber die fünf Krieger kannten keine Furcht. Sie kämpften sich verbissen voran, um ihr Ziel zu erreichen.

Als wir uns in einem Sumpfgebiet am Fluß über unsere weitere Vorgehensweise berieten, verspürte ich plötzlich einen in einer derartigen Situation äußerst unangenehmen menschlichen Drang. Ich sonderte mich in höchster Not etwas ab und kauerte mich mit heruntergelassenen Hosen unter eine Trauerweide, als mich ein leises Räuspern zusammenzucken ließ. Ich fuhr herum, und da zeichneten sich im einsetzenden Morgengrauen nur wenige Meter neben mir die Umrisse eines Mannes ab, der an den Baumstamm gelehnt saß. Ich zog reflexartig die Hose wieder rauf und wollte zu den Freunden zurückkehren, doch Kai und die drei einheimischen Führer waren schon weitergezogen. Nun, allein gelassen, wurde mir doch etwas unheimlich zumute, zumal der Mann, der jetzt durch den Vorhang aus herabhängenden Zweigen trat, einen mehr als merkwürdigen Eindruck machte.

Die Hippies und Punks der letzten Tage waren bizarr genug gewesen, doch der hier schlug alles. Nicht nur, daß er total verdreckt war und vollkommen verwirrt schien, er trug auch noch eine martialische Lumpentracht, die wohl in Urzeiten mal einem Theaterfundus angehört haben mußte. Als ich zuerst auf englisch, dann auf deutsch Kontakt mit ihm aufnehmen wollte, stierte er mich nur mit leerem Blick an, als käme er aus einer anderen Welt. Ich zuckte mit den Achseln und sagte, es habe mich gefreut, seine Bekanntschaft gemacht zu haben, aber nun müsse ich weiter, denn ich sei hier, um die Sonne über dem Heel Stone aufgehen zu sehen, und der große Augenblick könne nun nicht mehr lange auf sich warten lassen. *Ciao*, sagte ich, *bye bye*.

Froh, dem komischen Gespenst entkommen zu sein, stieg ich die Uferböschung hinauf, doch der Mann folgte mir und hielt sich dicht in meinem Windschatten. Nun war ich mir nicht mehr sicher, ob es sich nicht bloß um einen Scherzbold handelte, der mir ein wenig angst machen wollte, bevor er losprustete und mir zur Verbrüderung überschwenglich auf die Schultern klopfte oder einen Flachmann aus der Tasche zog. Zwei Haudegen im Kampf um eine bessere Welt. Um das nervtötende Schweigen zu beenden, deutete ich auf die verschwommene Linie eines entfernten Hügelkamms und sagte, dahinter liege schon Stonehenge. Wir hätten es bald geschafft. Er sagte noch immer nichts.

Als wir eine mit niedrigem Buschwerk gesäumte Schotterstraße entlanggingen, hielt plötzlich ein Hubschrauber voll auf uns zu. Wir erschraken fürchterlich, rannten geduckt und im Zickzack in ein Wäldchen zurück und verkrochen uns in einem Unterstand aus Strohballen und Holzbrettern, der von früheren Kämpfen übriggeblieben sein mußte. So wird es in Vietnam gewesen sein. Es fehlte nur noch, daß man uns mit Bombenteppichen und Agent orange eindeckte. Meinen unheimlichen Begleiter dürfte der Luftangriff noch mehr mitgenommen haben als mich, denn er zitterte nun stark und stöhnte und wimmerte wie ein Baby vor sich hin. Um ihn zu beruhigen und mir selber Mut zu machen, setzte ich zu einer fröhlichen Rede an.

He Mann, sagte ich, so schlimm ist das nun auch wieder nicht. Was kann uns denn schon passieren, wenn sie uns aufgreifen? Schlimmstenfalls ein paar Wochen englischer Arrest, bevor sich eine diplomatische Lösung findet. Vielleicht kommen wir sogar in die internationalen Schlagzeilen. Das wäre ja immerhin…

Ich wurde von sich nähernden Stimmen unterbrochen und lugte vorsichtig aus der Deckung heraus. Stürzte sich gleich eine Handvoll Bobbies im Kampfanzug auf mich? Nein, da marschierte nur, mit Decken und Körben ausgerüstet, eine Traveller-Kolonne an uns vorbei, als wäre sie zu einem Picknick unterwegs. Ich mußte grinsen. Das waren nun also aus nächster Nähe diese sagenhaften Nomaden, die als vermeintliche Nachfahren der Kelten im Land herumreisten, zu dem sie einen mystischen Bezug hatten, und nach den Prinzipien der alten Religion lebten. Sie waren in Lumpen gekleidet, um der Mutter Erde keine Rohstoffe zu entziehen, aßen getrocknete Bananen und rauchten schlechtes Dope. Die Männer trugen verfilzte Keltenmähnen, die Mädchen eine gewisse Anmut. Alle zusammen hatten einen leicht irren Blick. Wir schlossen uns an.

Mit Einsetzen des Tageslichts waren plötzlich wie durch Zauberkraft die Hubschrauber verschwunden, nur auf dem in sicherer Entfernung liegenden Motorway M3 patrouillierten noch gepanzerte Fahrzeuge. Wir hätten genausogut in der Steinzeit sein können. Wir ließen uns auf einem alten Königsgrab nieder und erwarteten mit Spannung den Sonnenaufgang. Stonehenge sah in der Ferne wie aufgestellte Streichholzschachteln aus. Die vielen schwarzen Punkte rundherum waren die amtlich zugelassenen Fotografen. Nun füllten sich auch andere Hügel mit Publikum, und dann war es plötzlich soweit: Am Horizont blitzte es rot auf, und es stieg mit erstaunlicher Geschwindigkeit wie ein goldener Fesselballon die Sonne herauf. Es war ein kolossales Ereignis. Wir erlebten die Urempfindungen von Ehrfurcht und Staunen, und dann zerriß plötzlich die dröhnende Stimme meines unheimlichen Begleiters die feierliche Stille.

Er sagte in breitestem Wienerisch: Mein Name ist Robert Steiner. Ich komme direkt aus dem Gallischen Krieg. Hier das Kriegstagebuch des gefallenen Brigadiers Claus Ostwald. Er war ein guter und vortrefflicher Mann, ein großer Kämpfer und der beste Kamerad. So ruhe er in Frieden.

Natürlich hielt ich Robert Steiner für einen hochgradig Geistesgestörten und das kleine Ringbuch für eine Fälschung, aber seine Geschichte interessierte mich, und so kleidete ich ihn neu ein und nahm ihn mit nach London. In einem winzigen Hotel in Bayswater und im friedlichen Kingston Park sprach er mir die Story auf Band. Nun, da Ostwald endgültig in die Andere Welt eingegangen war, hatte Steiner nichts dagegen, daß ich ihren Roman zu Ende schrieb. Er wollte jedoch nicht nach Österreich zurückkehren, sondern fuhr mit dem Geld, das ihm seine Mutter telegraphisch angewiesen hatte, nach Irland, um, wie er sich ausdrückte, wieder zu sich selbst zu finden. Wir umarmten uns voller Rührung in der Victoria Station, bevor er nach Norden aufbrach, während ich mich mit einem Empfehlungsschreiben auf den Weg nach Hallstatt machte.

Frau Huber händigte mir ohne weiteres Ostwalds Hallstätter Tagebuch und seinen Text »Viviane« aus, Material, aus dem ich schließlich den vorliegenden Roman fabrizierte. Als ich ihr in groben Umrissen Steiners Geschichte erzählte, wußte sie nicht, ob sie lachen oder weinen sollte. Einerseits dachte sie an einen Streich der beiden Schlitzohren, andererseits hatte sie auch Angst um Ostwald, in den sie nach wie vor hoffnungslos verliebt war. Ich konnte ihr nichts Näheres sagen und verabschiedete mich bald.

Meine Nachforschungen über Ostwald erbrachten keinerlei Ergebnis, weder in Wien noch in Frankreich, wo ich die von Steiner angegebene Route bereiste. Er war wie vom Erdboden verschwunden. Als ich schließlich auf dem Mont Auxois neben dem bronzenen Vercingetorix stand, barfuß und mit offenem Hemd, meinen olivgrünen Regenmantel als Lagerplatz ausgebreitet, in den Kopfhörern donnernde Punkmusik, im Kopf selbst die Anfangssequenz eines Films, in der ein Hubschrauber den keltischen Maquisardenführer umkreist, beschlich mich doch ein komisches Gefühl, als ich daran dachte, daß Claus Ostwald, der ungefähr mein Jahrgang gewesen war, tatsächlich als Opfer des Gallischen Krieges hier irgendwo begraben sein könnte.

Alles in allem ist es eine ziemlich unglaubwürdige, undurchsichtige Geschichte. Trotzdem geht mein Ruf in die Welt hinaus: Sollte Claus Ostwald doch noch irgendwo stecken, soll er sich bitte melden. Man wird sich um ihn reißen.

Wien, am 22. November 1990

Manfred Maurer.

KARTEN

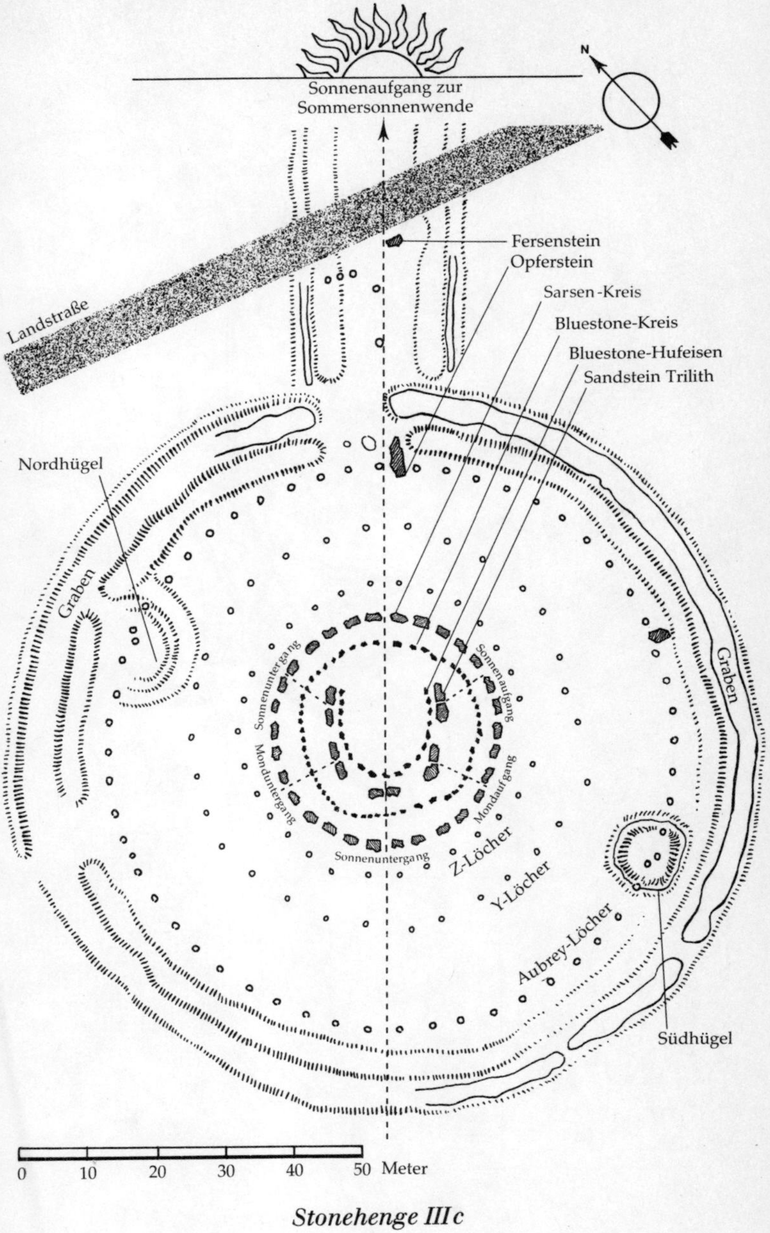

Stonehenge IIIc

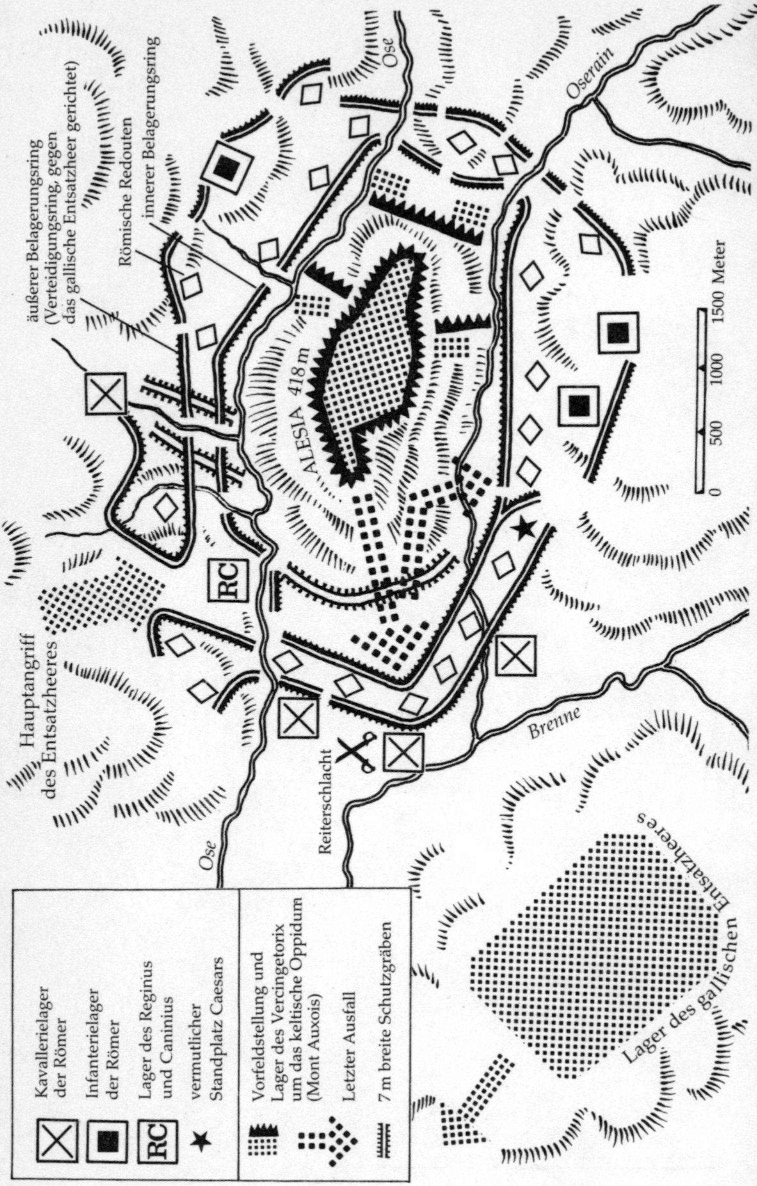

Die Belagerung von Alesia